ベリーズ文庫

無口な自衛官パイロットは再会ママとベビーに溺愛急加速中！【自衛官シリーズ】

惣領莉沙

STARTS
スターツ出版株式会社

無口な自衛官パイロットは
再会ママとベビーに溺愛急加速中！
【自衛官シリーズ】

プロローグ

碧人《あおと》の身体がこれほど筋肉質だとは思わなかった。

美月《みづき》の全身に覆いかぶさる鍛えられた身体はどこも固くて、しっとり汗ばんでいる。

それにこんなに体温が高かったのだと、浅い呼吸を繰り返しながら思う。

きっとそれは美月も同じ。体中をまるで沸騰しているように熱い血液が駆け巡り、碧人に負けないほどどこもかしこも湿り気を帯びている。

おまけに初めて触れる自分以外の肌はどこか違和感があって慣れず、無意識に避けようとしてしまうどころか身体にうっすら鳥肌が立っている。

想いを残している初恋の相手と肌を合わせているというのに、なぜかしっくりこない感覚に泣きたくなる。

心は碧人を求めていても、身体が上手になじんでくれない。

「大丈夫。そのうち平気になる」

美月の切なさを察してか、碧人は美月の身体に指先や唇で優しく触れ耳元に甘い言葉を注ぎ込む。

これが初めての経験だと知って、気遣っているのだろう。

「……はい」

美月の気持ちを見透かす碧人の声にホッとしたのもつかの間、敏感になった胸の先を碧人の指先が意味ありげに掠めた。

「んっ……」

その瞬間、痺れるほどの刺激が全身を駆け抜けて、心臓が激しく脈を打つ。

「美月」

吐息とともにささやかれた声にぎゅっと閉じていた目を開くと、目の前に懐かしい、それでいてあの頃よりも格段に大人びた端整な顔がある。

切れ長で意志の強さがわかる瞳。それは高校生だった頃と変わっていない。

額に汗を浮かべ全身を熱くしている今でさえ爽やかなのも、あの頃のまま。

ただ、くせのない柔らかな黒い髪は、航空自衛官という立場のせいか、あの頃よりずっと短くなっている。

桜井《さくらい》碧人。彼は高校一年生の時に五カ月ほど付き合っていた二歳年上の男性で、直接顔を合わせるのは自ら彼に別れを告げた日以来。十一年ぶりになる。

嫌いになったわけでも、別れたかったわけでもない。

ただ、彼の未来と夢を守るためには別れるしかなかった。

だからわざと心にもない冷淡な言葉を投げかけて、突き放した。

「碧人先輩」

整わない呼吸の合間、続けて何度か呼びかけると、碧人の目がすっと細くなりさらに強く抱きしめられた。

「美月。綺麗だよ」

高級ホテルのベッドの中、微かに震える声とともに降りてきた唇は熱くて、現実から離れここにふたりでいると実感する。

美月が唯一知っている自分以外の唇。記憶の中にあるよりも力強く感じるのは気のせいだろうか。

「ふ……んっ」

唇が開いたタイミングで入り込んできた碧人の舌が、探るように美月の口内を動き回る。

高校生の時にはなかった積極的な動きが美月の全身にさらなる刺激を送り込む。

「……美月」

熱い吐息と甘い声。色気を増した表情で美月を見つめる瞳。

「碧人先輩……」

満ち足りた空気に包まれて、心配も不安もない、ただ互いの存在を感じるだけの愛おしい時間がゆっくりと過ぎていく。

碧人の声を聞くことも笑い合うことも、二度とないと思っていた。

なのに今、こうして互いの体温を重ね合わせ貪るようにキスを交わしている。

「夢じゃない……」

美月はその現実に心を震わせながら、碧人にしがみついた。

「ごめんなさい」

碧人の肩に顔を埋め、美月は声にならない声でそっとささやいた。

碧人を思ってとはいえ冷たい言葉で傷つけたことを悔やみ、もしも再会できたら謝りたいと願っていた。

「今日、美月を見つけた時、息が止まるかと思った」

碧人は声を絞り出す。

「んっ」

さらに激しく唇を貪られ、力一杯抱きしめられて、美月は息苦しさに呼吸を止めた。

「私も……夢かもしれないって思って……」

息苦しさと興奮でうまく口が回らない中、美月は途切れ途切れどうにか答えた。

「美月のこと、ずっと気になっていたんだ」

美月の身体を抱き寄せて、碧人は吐息交じりにそう口にする。

美月も同じ気持ちだ。安易な選択で碧人を傷つけたはずだと後悔していた。

「俺のせいで……ごめん」

くぐもった碧人の声に顔を向けると、苦しげに顔を歪める端整な顔。

今日再会してからあれだけ言葉を重ねてそれは違うと伝えたのに、今もまだ美月への罪悪感を抱えている。

それだけ美月が与えた傷が大きかったということだ。

「私があんなひどいことを言ったから」

「言わせたのは俺だ」

「だから、それは違うって何度も……っん」

碧人は美月の言葉を遮るように唇を塞いだ。

「美月が……どう言おうが俺のせいだ」

くぐもった声が唇に注ぎ込まれたと同時に、碧人の逞しい体がぶるりと震えた。

「だけど……美月が今、幸せそうで安心した」

掠れた声に、安堵感が滲んでいる。

「そうです。私、今幸せなんです。だから――」

「だからって俺の罪が消えるわけじゃないのにな」

「罪って……そんなこと」

自嘲気味な声。碧人も今、過去を乗り越えようと葛藤しているのかもしれない。

「美月、ごめん。もう抑えられそうにない。つらかったら俺にしがみついていいから」

切羽詰まった碧人の声が、ベッド横の小さなライトがぼんやりと照らす部屋ベッドルームに響いた。

「はっ……」

さらに深くベッドに身体を押しつけられた次の瞬間、美月はそれまで碧人の指先が優しく触れていた脚の間に熱い圧が押しつけられるのを感じた。

「あ……っん」

鋭い痛みとともに下腹部に硬い熱が押し入ってくる。

「やあっ……」

あまりの痛みに思わず身体をのけ反らせ逃げようとするも、碧人の腕が伸びるのが早く、肩をベッドに押しつけられ唇を塞がれた。

「悪い」

碧人は食いしばるような声でつぶやき、美月の頬にかかる髪を荒々しい仕草で梳く。

「美月のこと、まだ忘れてないみたいだな」

互いの目を合わせ、言い聞かせるような声音で告げられた瞬間。

「私も……忘れてない」

目尻から涙が零れるのを感じながら、美月も力強い声で答えた。

「でも、もう私のことで悩まないでください。私は大丈夫」

美月は頬に流れる涙を手の甲で拭いながら、笑みを浮かべた。

奇跡のような十一年ぶりの再会で、今も碧人に想いを残していると自覚した。ふたりの人生が重なり合えばとわずかに期待もした。

けれど碧人にとって自分は罪悪感の向こう側にいる存在。一緒にいたら碧人は過去を忘れられず自分を責め続けるはずだ。

だから、再会した途端どれだけ碧人にときめき心を震わせても、二度と会わない方がいい。

「美月、俺の、美月」

それは高校時代にたった一度だけ、碧人が照れながら言ってくれた言葉だ。

「碧人先輩っ」

美月はたまらず碧人の身体を抱きしめた。

厳しい訓練で鍛えられているのが容易にわかる逞しい身体。

それでいてきめが細かい滑らかな肌に、無理だとわかっていてもこの先もずっと触れていたくなる。

『大丈夫。そのうち平気になる』

碧人の言葉は正しかった。

いつの間にか互いの肌がなじみ、鳥肌の名残はひとつもない。

大好きな人と肌を重ねることが、これほど愛おしいものだと理解したその時。

それまで美月の身体の奥をゆったりと揺らしていた硬い熱が、一気に最奥を突いた。

「あーっ」

美月は全身を貫く激しい痛みに耐えられず、声を張り上げた。

身体を大きく反らし、頭を何度も横に振る。

「美月、俺の、美月」

耳元に碧人の熱のこもった声を聞きながら、美月は痛みがいつの間にか心地よさに変わっていることに気づく。

同時に、長く心の奥でくすぶり続けていた初恋が昇華されていくのを感じた。

「碧人先輩……絶対に忘れません」

碧人との最初で最後のこの夜のことは、一生忘れない。

これで思い残すことなく日本から離れ、念願だったイギリスでの仕事に力を尽くすことができる。

「碧人先輩」

そう本人に呼びかけるのも、きっと今日が最後。

「碧人先輩……碧人先輩」

目尻から零れ落ちるのが涙なのか汗なのかわからないまま、美月は掠れた声で何度もそう繰り返した。

第一章　奇跡でしかない再会と二度目のさよなら

「旦那様、絶対に優しいよね。小学校の先生らしいけど人気ありそう」

「わかる。それにずっとニコニコしていて莉音《りおん》にメロメロ。羨ましいね」

美月はキャンドルサービスで広い会場内を進む新郎新婦の姿をうっとりと眺めながら、傍らの絵里香《えりか》に頷いた。

ここは世界的にも名が知られた高級ホテルの広い宴会場。

白い色調でコーディネートされた会場では結婚披露宴が執り行われていて二百人以上の招待客が新郎新婦の門出を祝っている。

「綺麗な花嫁。どれだけ華やかな舞台衣装も、ウェディングドレスには敵わないね」

「うん。本当にそうよね」

レースとパールがふんだんにあしらわれたプリンセスラインのウェディングドレスは一年前から製作を依頼していたというオートクチュール。長身の莉音によく似合っている。

結婚披露宴に招かれるといつも幸せな気持ちになるが、今日はとくにそうだ。

子どもの頃からともに同じバレエ教室でレッスンに打ち込んできた仲間のひとりの門出ともなれば、それは当然かもしれない。

美月は五歳の頃から十六歳までの十年以上、新婦の莉音と隣の席でスマホで写真を撮っている絵里香とともに、プロのバレエダンサーを目指してがんばっていた。三人が通っていた幼稚園の卒業生に、イギリスのロイヤルバレエ団でプリンシパルを務める世界的に有名なバレエダンサーがいた。

彼女が日本公演で来日した際にゲスト出演した、子ども向けのバレエコンサートを鑑賞した美月たちは一瞬でその華やかな世界に魅了され、揃ってバレエを習い始めた。三人とも熱心に練習に励み、中でも早々に才能を開花させた美月は高校一年生の時にはイギリス留学がかかった栄誉あるコンクールに出場できるまでになった。けれどコンクール直前に負った脚の怪我によって出場を断念せざるを得なくなっただけでなく、バレエダンサーとしての将来をも断たれてしまった。

いつか英国ロイヤルバレエ団のプリンシパルとして舞台で踊りたい。

その夢を叶えられないという現実はあまりにもつらく、それをきっかけに美月はバレエそのものから完全に離れた。

トウシューズや衣装をすべてクローゼットの奥にしまい込み、舞台を観ることもない。

ともにレッスンに励んでいた莉音と絵里香の舞台にすら足を運ばず、自身の生活からバレエを完全に断ったのだ。

それは夢を断念するしかないという現実を受け入れるため。

そしてバレエのことを考えるたびに思い出してしまう、大好きだった人を忘れるため。そうするよりほかなかった。

「莉音、バレエ教室もうまくいってるって言ってたし幸せそう。結局三人の中で今もバレエに関わってるのって莉音だけだもんね」

「……だね」

いつかプリンシパルになるという夢を追っていた三人だが、現在美月は総合商社の社員、絵里香は大学病院の看護師となり、莉音ひとりがバレエ教室を開いて子どもたちに教えている。

最近は大人のバレエも盛んで、子育てを終えて体力作りの一環としてレッスンを始める人も多いらしく、経営も順調だそうだ。

「だけど、今ももったいないって思うのよね」

「もったいない？」

絵里香の声に、美月は顔を向けた。

「うん。私たちの中でダントツ可能性があった美月が……まあ、怪我をしたから仕方ないとしても、完全にバレエから離れるなんて、もったいない」

美月は苦笑した。

ダンサー以外にもバレエに携わる道があるのはわかっていたが、その道を選ぶことはできなかった。

「あの時はそれまでみたいに踊れなくなったのがショックで、考えられなかったから」

「ごめん。思い出しちゃったよね」

気まずげな表情を浮かべる絵里香に、美月は「ううん、平気」と軽く首を横に振る。

「まだ十六歳の世間知らずだったから。プロになれないなら続けても仕方がないって思いつめちゃったし」

あの頃はまだ高校一年生。

踊ること以外なにも知らないだけでなく、日常生活に大きな影響が残らなかったとはいえ踊れなくなったショックは大きく、なにも考えられなかった。

バレエに夢中で視野が狭く、世の中についての知識も浅すぎた。

バレエから離れた途端そのことを実感し、自分自身の未熟さを思い知らされた。

それに時間の経過とともに思い出も形を変えて、過去の一部に変化していった。頑なにバレエと距離を置かなくても、苦しみは薄らいだのかもしれない。

ふと浮かんだ思いに、美月は苦笑する。

それはすべて結果論で、今が幸せだからそう思えるだけ。当時の苦しみは半端なものではなかった。

「あ、向こうのテーブルに座ってるのって、オペラ座のエトワールじゃない？」

絵里香の驚く声に、美月は頷いた。

バレエ団の顔ともいえるダンサーをプリンシパルと呼ぶが、パリのオペラ座バレエ団の最高位のダンサーはエトワールと呼ばれる。フランス語で星という意味で、スターダンサーに与えられる称号だ。

「莉音がパリのコンクールで知り合ったらしいよ。その時彼女はまだオペラ座バレエ学校の生徒で、お互いにベストを尽くそうって励まし合ったって聞いてる」

「へえ。披露宴にエトワールが来るって、すごいね」

絵里香は目を見開き、感心する。

「そういえば、美月が英国ロイヤルバレエ団のプリンシパル。莉音がオペラ座バレエ団のエトワールになれたらってよく話してたよね」

「憶えてる。冗談めかしてたけどほぼ本気で言ってた。若いって無敵だよね」

美月は肩をすくめ、離れたテーブルで眩しいオーラを放つエトワールを見つめた。

美月や莉音と同年代の、二十六歳のエトワール。

フランス人らしいエレガントな雰囲気がオペラ座バレエ団の色合いにマッチしていて、この会場内でもひときわ目立っている。凛とした眼差しとまっすぐ伸びた背筋からは、彼女の内面から溢れる自信が垣間見える。

今までどれほどの訓練を重ねたのだろう。

彼女の苦労や努力を想像して、美月も背筋を伸ばした。

そして同時に頭に浮かぶのは、今さら考えてもどうにもならないこと。

もしもあの時脚を負傷せずコンクールに出場できていれば。もしも莉音のようにバレエに関わる道を選んでいれば。今とは別の幸せを手に入れていたかもしれない。

「今さら……」

美月はクスリと笑い、金屏風前の席にようやくたどり着いた莉音を見つめた。

互いにひと目ぼれだという新郎新婦は幸せそうで、見ているだけで心が温かくなる。

「いいな」

自然と言葉が口から零れ落ちる。

今さらと思うならもうひとつ。

もしも脚に怪我を負わなければ、バレエだけでなく大切な人との縁を手放すこともなかったはず。

自分も莉音のようにウェディングドレスを身にまとい、祝福の拍手を浴びていたかもしれない。

その時隣にいるのは、きっと……。

ふと胸に広がる感傷的な思いに、美月は小さく首を横に振る。

久しぶりに頭に浮かんだ端整な顔も、そっと胸の奥にしまい込んだ。

縁がなかったと納得したはずの顔を思い出すのは、それこそ今さらだ。

「あーあ。莉音は結婚しちゃうし美月はイギリスに行っちゃうし。おめでたい話だけど、私は寂しいよー」

ワインを口に運びながら、絵里香が大袈裟に顔をしかめる。

「美月の夢が叶うんだから、盛大に歓送会を企画するつもりだけど。やっぱり海の向こうは寂しすぎる」

「年に一度は帰ってくるよ。会社から旅費が支給されるし、仕事でこっちに戻ってくることもあるはずだし。行ったきりじゃないから安心して」

いつの間にかワインを飲み干し、勢いよくメイン料理のステーキを口に運ぶ絵里香に、美月は説明する。

「とかなんとか言ってるけど、念願叶ってのイギリス赴任。寂しいって思ってるのは私だけなんだよね。私のことなんてすぐに忘れちゃってさ。それだけはやだー」

「絵里香……」

美月は絵里香の想像力に脱力する。

現在国内で業界トップの売上げを誇る総合商社『藤谷商事《ふじたにしょうじ》』で働く美月は、四カ月後のイギリス赴任を控えている。

バレエダンサーの夢は叶えられなかったが、美月にとってイギリスは今も思い入れがある特別な国。

バレエに関わりながらの暮らしは無理だとしても、違うアプローチでイギリスでの暮らしを経験できないかと考えて、イギリスに支店を持つ藤谷商事に入社した。

バレエ留学に備えて力を入れていたおかげで英会話に困らなかったのも幸いし、入社後は食品統括部の海外事業チームに配属された。

世界各国のグループ会社による日本向けの食品の製造や加工事業を推進したり、海外市場向けの食品を現地で製造するための事業を展開したりする、海外の食に関する総合部門。

国内でもよく知られた輸入菓子やフルーツ、調味料なども扱っていて、新しい商品の開拓や日本での流通も業務の柱のひとつだ。

イギリスのロンドン支店はヨーロッパ事業を統括する重要な拠点で、ここ数年はヨーロッパ各国の伝統スイーツの開拓に力を入れている。

入社するまで海外のスイーツ事情に特段の知識があったわけではないが、そのおいしさだけでなくそれぞれのスイーツが誕生した歴史的背景やレシピ、製法の奥深さを知るにつれてもっとたくさんの人に広めたいと思うようになった。

もともとイギリス赴任を希望して入社したが、その気持ちはさらに強くなり、毎年上司にイギリス赴任の希望を伝えた。同時に企画書を何度も提出しては思いをアピールし続けた。入社してもうすぐ丸五年。

熱意が実り、七月からのイギリス赴任が決まっている。

今は現在の仕事の引き継ぎと、美月と入れ替わって日本に帰国する先任者との打合せで、日々目が回るような忙しさだ。

時差がある海外とのオンラインでの会議などの日常業務と並行しての準備は気力も体力も消耗し、正直今もシャンパンを口にしただけで軽く酔いを感じるほど身体は疲れている。

けれどようやく夢が叶うのだ。早くイギリスに赴任したいという気持ちが強く、身体のつらさなど後回し。

バレエダンサーとしての未来をあきらめた過去を振り切り、新しい夢に向かって進むと決めた自分の選択が報われた。そのことが、仕事への活力につながっている。

イギリスでの仕事を楽しむことで、怪我のせいで夢をあきらめた自分が救われるような気もしている。

「向こうで知り合ったイギリスのイケメンと恋に落ちて永住ってこともあるし。想像するだけで悲しい。もしそんなことになったら私がイギリスに押しかけるからね」

もともと寂しがりやの絵里香。ワインに酔っているのか目に涙が浮かんでいる。

美月は「あーあ」と軽く天井を見上げた。

「仕事が忙しすぎて、恋に落ちるなんてないない。それに私が何年恋愛していないと思ってるのよ」

バレエから離れてからというもの、恋愛など二の次でいつかイギリスで働きたいという夢に向かって踏ん張ってきた。その努力がようやく実を結ぼうとしているのだ。

恋愛は他人事で遠いものにしか思えない。

「ふーん」

絵里香は美月にじとりと視線を向ける。

「そんなこと言ってる人に限ってあっという間に恋に落ちるのよね。高校生の時だって、気になる人がいるとか言い出したと思ったら、すぐに告白されて付き合ってるし」

「……いつの話をしてるのよ」

美月はわずかに視線を泳がせた。

絵里香が口にした、〝美月が高校時代に付き合った相手〟というのが、ちょうど今思い出していたその人だからだ。

今までに恋愛した経験は高校一年生の時の一度だけ。それも恋人としていられたのはたった五カ月間という短さだ。

十年以上前のこととはいえ、今も思い出すと照れくさくて、胸に鈍い痛みが走る。

『有坂《ありさか》が好きだ。俺と付き合ってほしい』

端整で感情が表情に出ないポーカーフェイスが魅力的だと女子に人気だった、二歳年上の桜井碧人先輩からの告白。

よほど感傷的になっているのか、告白の時のひと目で緊張しているとわかるぎこちない瞳の動きや固い声までもが頭の中に浮かんでくる。

手をつなぐまでの照れくささと片手で足りる回数の、ぎこちないキス。

美月の恋愛といえば、たったそれだけ。

それだけの、そしてバレエ人生が終わる原因にもなった一生忘れられない恋……それが美月にとって唯一の恋愛だ。

「まあ、いいや。寂しくなったら休みを取ってすぐに会いに行くから」

「う、うん。待ってる。なんなら新婚旅行で来てもいいし。いつまでもプロポーズを保留していたら誠《まこと》さんがかわいそうだよ」

美月はからかい交じりにそう言って、話題を変える。

大学を卒業後看護師として働いている絵里香は、同じ大学病院の小児科医と付き合っている。付き合い始めて三年。一年前にプロポーズされたものの、助産師を目指している絵里香は仕事に集中したいからと言って返事を待ってもらっているのだ。

「わ、私のことはどうでもいいの。結婚ならそのうちするから。まあ、そうよね。新婚旅行にイギリスに行くのも悪くないわよね。英国ロイヤルバレエ団の公演を楽しんだ後はパリオペラ座。誠君ならすぐにでもチケットを手配しそうだし」

あたふたと答える絵里香に、美月は頬を緩めた。

「誠さんならいい席を押さえてくれそう。莉音に負けないくらい愛されてる絵里香が本当に羨ましい」

「あ、愛されてるって……な、なによいきなり」

「照れないでよ。耳まで真っ赤だよ」

照れてまごつく絵里香の顔を見つめ、美月は肩を揺らし笑い声をあげた。

「それではここで、新郎の同僚の皆様が急遽結成されたバンドによる演奏をお楽しみいただこうと思います」

広い会場内に司会の女性の声が響き、美月と絵里香は顔を見合わせた。

たしかこの演奏の次に、ふたりでスピーチをすることになっているのだ。

「莉音、絶対に泣くね」

絵里香は前方にいる莉音に視線を向け、ニヤリと笑う。

「うん。泣くよね」

ふたりで練りに練ったスピーチを思い返し、美月も目尻を下げ大きく頷いた。

三人とも夢に見たプリンシパルにはなれなかったが、それぞれ新しい道を歩み力強く生きている。

ここにたどり着くまでの努力や苦労を三人で分け合い背中を押し励まし合ってきた。

ひと足先に愛する人との人生を始める莉音の幸せを祈って、祝いの言葉を贈りたい。

美月は幸せな空気が流れる優しい時間を楽しみながら、新郎の同僚たちの覚束ない、そして気持ちが込められた演奏に口元を緩め、耳を傾けた。

披露宴が無事にお開きを迎えた後、美月はホテルロビーのソファに腰を下ろしため息を吐いた。

大安の今日、ホテルでは莉音たち以外にもいくつもの披露宴が催されている。おかげでタクシー乗り場には大勢の客たちが列をなしていて、しばらく帰れそうにない。

絵里香はホテルまで迎えに来ていた恋人の車で早々にホテルをあとにしている。

家まで送ると声をかけてくれたが、普段忙しくてゆっくり会えない恋人との貴重な時間を邪魔するのが申し訳なくて、遠慮した。

とはいえここまでタクシー待ちが続くとは思わず、最寄り駅まででも同乗させてもらえばよかったと、後悔も少し。

時間を確認すると、ちょうど十六時を過ぎたばかり。

しばらく待ってもタクシーに乗れなければ、駅まで三十分のんびりと歩こう。

美月はあきらめ交じりの息を吐き、座り心地のいいソファの背に身体を預けた。

すると手にしていたスマホに絵里香からメッセージが届いた。

「やっぱり綺麗」

送られてきた何枚もの披露宴の写真を、美月は食い入るように見つめた。

ウェディングドレス姿の莉音はもちろん美しいが、主役に負けないオーラを放つエトワールの姿を目にすると、気品ある艶やかさについ見とれてしまう。

「エトワールか……」

イギリス赴任中パリに足を伸ばして彼女の舞台を観るのもいいかもしれない。

「え？」

ふと胸を掠めた思いに、美月はハッとする。

脚を怪我して以来、バレエの舞台はいっさい観ていない。莉音や絵里香が出る舞台も例外ではなく、すべて避けてきた。

バレエダンサーとしての将来をあきらめたつもりでいても、いざ舞台を目にした時、未練を感じてつらくなるかもしれない。

それだけでなく、商社に就職してイギリスで働くという新たな夢ですら投げ出してしまうかもしれないと不安で、躊躇していたのだ。

なのに今は、すぐにパリに飛んででも、彼女の舞台が観たいとうずうずしている。

「……ふふっ」

鼻の奥がつんと痛くなるのを感じながら、美月は小さく笑い声をあげた。

自分はようやく脚の怪我を乗り越えて、本当の意味でバレエへの未練から解放されたのかもしれない。

そうでなければわざわざパリに赴いてまで、バレエを観たいと思うわけがない。

「その前にロイヤルバレエ団……かな」

いつか入団したいと願っていた、憧れのバレエ団。まず初めはそこからだ。

そう思えた瞬間、胸の奥に最後まで残っていた重苦しいなにかが弾け、心が沸き立つのを感じた。

美月は早速八月以降のロイヤルバレエ団の公演の日程を確認しようと、スマホの画面を操作した。

「美月？」

不意に頭上から名前を呼ばれ、顔を上げた。

「え……？」

目の前に黒い礼服に身を包んだ長身の男性が立っている。美月は目を見開いた。

見覚えのある切れ長で意志が強そうな瞳と薄く形のいい唇。あの頃よりも短い清潔感のある黒髪が端整な顔を引き立てている。

「碧人先輩？」

美月の声に、男性は一瞬ホッとしたように目を細めて頷いた。

「やっぱり美月だったんだな。久しぶり……元気だったのか？」

記憶の中と同じ、少し低めの落ち着いた声。素っ気ない声音に混じる優しい響きを耳にした途端、高校時代の甘い思いが蘇ってきた。

「は、はい。碧人先輩もお元気ですか……」

美月は目の前に突然現われた男性を呆然と見つめた。

彼は美月の二十七年の人生の中で唯一の恋人、桜井碧人だ。

顔を合わせるのは彼が高校を卒業する直前、美月から別れを切り出した日以来。それから十年以上、連絡を取り合うこともなかった。

その彼が今こうして目の前に現われ、固い表情で美月を見つめている。

端整な顔立ちは高校生の時のまま。それどころか大人の落ち着きと色気が加わって魅力が増している。

「でも、あの、ど、どうしてここに……？」

突然のことに動転して、言葉がスムーズに出てこない。

「俺は同僚の披露宴に参列して……。美月もそうみたいだな」

どこかぎこちなさが滲む声でそう言って、碧人は美月の足もとに置かれている引き出物に視線を落とした。

碧人の手にも、ホテルの名が記された立派な紙袋がある。

「そ、そうなんです。私も披露宴に招かれてここに。えっと、おかげさまで元気です」

混乱しているせいで、まとまりのない言葉が口を突いて出る。

「……元気でやってるなら、よかった」

碧人はわずかに表情を緩めて大きく息をついた。美月同様、突然の再会に驚いているのがわかる。

「私は、あの。同じバレエ教室に通っていた友達の披露宴に呼ばれて、ちょうどさっきお開きで、今はタクシーが捕まりそうにないのでどうしようかと思ってここで」

落ち着きのない言葉がつらつらと出てくる。今自分がどんな表情をしているのかもわからない。

「えっと、あの、碧人先輩は同僚の方の披露宴に招待――」

「バレエ教室?」

「されたって……は、はい。通っていたバレエ教室の友達が結婚して……あっ、いえ」

表情を曇らせた碧人を前に、美月は碧人と別れることになった理由を思い出して声を詰まらせた。

当時、美月はバレエダンサー、碧人は航空自衛官の中でもブルーインパルスのパイロットを目指していた。

碧人は百八十センチ超えのスラリとした長身と整った顔立ちで女の子たちからの人気が高く、成績も抜群で教師からの信頼も厚い校内でも誰もが知る有名人。

碧人と付き合い始めた途端、美月は彼のファンだという女の子たちからの嫌がらせを受けるようになった。それは次第にエスカレートし、ある日階段から転げ落ちて脚に大怪我を負った。そしてバレエダンサーになるという夢は、叶わなくなった。

その事実を知った碧人は責任を感じ、自分も夢を手放すべきだと苦しんでいるようだった。

美月にどう償えばいいのかと、自分自身をひどく責めているのは明らか。

ポーカーフェイスで感情の機微を露わにしない碧人が見せるその表情は見るのもつらく、美月自身も碧人の将来を思い苦しんだ。

『碧人先輩と付き合ってなかったら、バレエを続けられたはずなのに。もう二度と会わない』

悩んだ末に、美月は碧人にそう言い放ち別れを告げたのだ。

碧人を解放したくて、とっさに浴びせた言葉が頭の中でリフレインする。その時の碧人の悲しい表情も、はっきりと蘇る。

「私……」

心にもない言葉を告げた時に感じた強い痛みを思い出して、美月は身体を震わせた。

あの時、息ができなくなるほど苦しかったが、碧人は美月以上の痛みを感じたはずだ。

「ごめんなさ……」

とっさに言いかけた謝罪の言葉を、美月はぐっと飲み込んだ。

どれだけ後悔して謝っても、碧人を傷つけた過去は変えられない。

けれど、まだ高校生だった自分には、ああ言って碧人と別れる以外、碧人の将来を守る方法が思いつかなかった。

だからといって、それが碧人を傷つけていい理由にはならない。

美月は肩を落としうつむいた。

「やっぱり、そんな顔をするんだな。俺のせいで、ごめん」

「え、どうして……？」

美月は顔を上げた。

「碧人先輩が謝ることなんてない――」

「いや。俺が美月にあんな言葉を言わせた。本当にごめん」

碧人はまっすぐ美月を見つめ、頭を下げる。

「今もそんな顔をさせて、申し訳ない」

「あの、碧人先輩？　なにを言って」

「あの時、美月にあんなことを……言いたくないことを無理に言わせて。本当に申し訳なかった。美月を守れなかった俺の責任だ」

繰り返し謝罪する碧人に、美月は表情を強張らせた。

「あんなことって、まさか、あの――」

「碧人先輩と付き合ってなかったら、バレエを続けられたはずなのに。もう二度と会わない」

「あっ」

感情が消えた碧人の言葉に美月は息をのみ、両手で口元を押さえた。

「本当は言いたくなかったよな。なのに言わせて悪かった。全部俺のためだってことは、わかってる」

「あ……あ、あの、それは」

切なげに顔をゆがめた碧人に、美月は口ごもる。

まさか碧人があの時の美月の真意を察していたとは思わなかった。

「美月」

碧人はその場で膝を突き、ソファに腰を下ろしたままの美月と向かい合った。

「少し、話せないか？」

碧人の神妙な表情と、懇願するような声。

美月は顔を背けることも、首を横に振ることもできなかった。


「航空自衛官……夢を叶えたんですね。おめでとうございます」

美月は安堵の声をあげ、向かいに座る碧人にようやくの笑顔を向けた。

碧人とホテル内のティールームに来たはいいが、緊張が解けず会話もぎこちない。

コーヒーを前に互いの近況を伝え合うものの、会話が続かなかったのだ。

けれど碧人が現在航空自衛官だと聞いて、一瞬で表情がほころんだのがわかる。

「碧人先輩が防衛大学校に入校したことは、生徒会の先輩から聞いていたんです。でもそれからのことはなにも知らなくて。航空自衛官ですか……希望通りでよかったですね」

「ありがとう。今は石川《いしかわ》の小松《こまつ》基地に所属してる」

「小松……」

今まで訪ねたことのない場所だ。小松どころか北陸に足を踏み入れたこともない。

「ごめんなさい。私、縁がなくて今まで行ったことがなくて」

「金沢《かなざわ》から遠くない。民間機も発着している小松空港で訓練しているから、もしも旅行で来ることがあれば……いや」

碧人はふと言葉を濁しまぶたを伏せた。

「転属があるから、小松からもそのうち離れると思うが」

碧人は言いかけた言葉を区切り、わずかに視線を泳がせた。

「そうですか」

美月は気まずげな碧人の様子に違和感を覚えつつも、頷いた。

碧人を思い出さないよう自衛隊を連想する話題から目を背けていたのでピンとこないが、口外できない情報が多いことは想像できる。転属についても話せないのだろう。

「でも、本当によかったです。碧人先輩の希望が叶って、ホッとしました」

碧人を傷つけたことを申し訳なく思ってきたが、碧人が夢を叶えたと知って、自分の決断が間違っていなかったと安心した。

「訓練は大変なんですよね」

以前テレビ番組で目にした訓練の様子を思い出した。碧人の顔が頭をよぎってすぐに消したが、隊員たちは強靭な身体と精神を必要とする過酷な訓練と向き合っていた。

「ずっと憧れていた場所にいるんだ、たしかに大変だけど、苦じゃない」

碧人はそれまでの控え目な口調から一変、凛とした声で答えた。

表情もぐっと引き締まり、心底そう思っているのがわかる。

「碧人先輩……」

その迷いのない表情に、美月は思わず見とれそうになる。

まるで高校時代の碧人を見ているようだ。

あの頃、空を飛び回るブルーインパルスを見て自分もドルフィンライダーになると決めたと、碧人は力強い声で話していた。

強い決意を滲ませた凛々しい表情を見るたび胸をときめかせ、ドキドキしていた。

今こうして向かい合っていると、あの頃の幸せな時間や感情が次々と蘇ってくる。

そしてもしかしたらこのまま再び碧人と……。

ふと期待してしまった自分を、そんなことあり得ないと心の中で叱りつける。

碧人を傷つけてしまったことを、忘れるわけにはいかない。

碧人を悪者にするような言葉をぶつけた美月のことを、あの頃と同じ気持ちで思ってもらえるわけがないのだから。

美月は小さく息を吐き出し気持ちを整える。

それでも頭に浮かぶのは、高校時代の碧人の顔ばかりだ。

二歳年上の碧人は美月が入学した時の生徒会長。入学式の時に壇上で新入生に向けて祝辞を述べる姿をうっとりと眺める女子は少なくなかった。

各クラスから二名が選ばれる学級代表として生徒会のサポートに就いたのがきっかけで知り合い、親しくなった。

碧人との距離が近づく中で、彼の責任感の強さやポーカーフェイスで愛想がいいわけではないが誰に対しても分け隔てなく接する姿に惹かれていった。

そして、学園祭の準備で一気に距離が近づき、付き合い始めた。

『有坂が好きだ。俺と付き合ってほしい』

碧人からの言葉を思い出すと、今も心臓がトクリと音と立て鼓動が激しくなる。甘酸っぱい思い出だ。

けれど想いが通じ合ったのは夏休み明けの九月。

受験生の碧人が志望していた防衛大学校の採用試験まで二カ月を切っていて、なかなか恋人同士らしい付き合いはできなかった。

一緒に登下校したり、たまに昼休みにふたりでお弁当を食べたり。休日に待ち合わせて映画を観たことはあったが、その程度。

そして受験が終わり年末に合格してからの一カ月と少し。

嫉妬した碧人のファンにからまれた拍子に足を踏み外し、階段から転げ落ちるまで。

それが美月と碧人が恋人として過ごした幸せな時間のすべてだ。

遠距離恋愛の寂しさを乗り越えようと覚悟を決めたばかりの頃で、ふたりで楽しい思い出をたくさんつくりたいとあれこれ計画していた、そんな矢先の出来事だった。

「美月は今……」

「え……」

碧人のためらいがちな声に、美月はうつむいていた顔を上げ、目を瞬かせた。

「あ、あの」

思いにふけっていて、碧人の言葉を聞き逃してしまった。

「美月は今、どうしてる？　さっきバレエの話が出たけど、その関係の仕事をしてるのか？　もしかして、今も舞台に立ってる……のか？」

どこかでそれを期待しているような碧人の声に、美月はそっとまぶたを伏せた。

美月が脚の怪我を完治させバレエに復帰していると、期待しているのかも知れない。

「いえ、バレエはもうまったくで」

残念ながら、それはあり得ない。トウシューズを履いて立つことすら難しいのだ。今も日常生活を難なく送れているとはいっても、脚への負荷は厳禁。寒い時期になると痛みを感じることも多い。

今日も淡いイエローのワンピースに合わせて、足もとは白いパンプス。

三センチのローヒールだが、披露宴の途中からすでに足首に違和感を覚えている。

「そうか……いや、無神経だった。申し訳ない」

碧人は苦しげに眉を寄せた。

「無神経って、碧人先輩が気にすることじゃなくて」

美月は慌てて声をかけた。

「そうじゃないだろ。昔あんなことを言わせるほど追いつめておいて、また思い出させるようなこと。俺、なにを期待して」

碧人は肩を落とし、自嘲気味に笑った。

「そんな……」

碧人は今もまだ、美月への罪悪感に苦しんでいる。

それは自分のせいだと、美月は改めて実感する。

美月に囚われることなく防衛大学校に予定通り進んでほしくて、脚の怪我は碧人のせいだと言わんばかりの厳しい言葉で傷つけた。

けれどその言葉が本心でないことなど碧人は最初からお見通し。未だ美月への罪悪感を抱えている。

「碧人先輩……」

十年以上の長い間、碧人はどんな思いで過ごし、訓練に向き合っていたのだろう。想像するだけで胸が痛む。

「私なら全然大丈夫です」

美月はテーブル越しに身を乗り出し口を開いた。

それは嘘じゃない。自覚したばかりだが、バレエの舞台を観たいと思えるほど吹っ切れているのだ。

この再会を機に、罪悪感など捨ててほしい。

「実は今、藤崎商事で働いてるんです」

「……藤崎商事?」

「そうなんです。大学を卒業してすぐに入社して、もうすぐ丸五年です」

碧人は目を見開いた。

「すごいな。たしか業界トップじゃなかったか？」

「そうですね。老舗の商社ですけど今も勢いがあって、やり甲斐があります」

美月は照れつつも、ほんの少し胸を張って答えた。

業界トップという事実はもちろん誇りに思うが、やり甲斐があると迷いなく言えることが誇らしい。

「といっても、私も碧人先輩ほどじゃないと思うんですけどなかなか大変です」

美月は軽くそう言って苦笑する。

「でも、これは碧人先輩と同じで、私も大変だけど苦じゃないんです」

美月は力強い声で言葉を続けた。

「もともとは、バレエ留学は無理でもいつかイギリスで暮らしながら働きたいと思っていて、そんな安易な理由で今の会社に入社したんですけど」

思い返しつつ、美月は肩をすくめた。

「運よくイギリスと関われる仕事に就くことができて、どっぷりです。時差を意識する仕事で体力的につらい時もあるし楽じゃないんですけど。苦労よりもやり甲斐の方が大きくて」

自分がそれまで知らなかった世界を知り、新たな知識が増えていく充実感。それも美月の仕事へのモチベーションにつながっている。

「だから、私は本当に大丈夫です」

美月は語気を強め、そう言った。

「そう……なんだな」

十年以上という長い時間抱え続けてきた罪悪感。簡単には手放せないのだろう。

美月の表情を探るように碧人はつぶやいた。

「全然大丈夫です。今は仕事に追われて悩む暇もないくらいで」

「そうか……藤谷商事だったら、都内で働いてるのか？　今も実家で？」

碧人はわずかに表情を緩め、美月に向かい合う。その目が明るい光を帯びたように見えるのは気のせいだろうか。

「今も変わらず実家暮らしで、本社勤務です。あ……でも、実は私」

「だったらまた俺と会ってもらえない――」

「七月にイギリスに赴任するんです」

「は……？　イギリス？」

碧人は言いかけていた言葉を濁し、眉を寄せた。

「驚きますよね。イギリスに留学したいって言ってましたけど、結局仕事で行くことになったんです」

　美月は声を弾ませ、碧人に笑顔を向けた。

「脚を怪我した時は、夢を叶えられなくなって落ち込んだんですけど、別の夢を叶えられそうです」

「別の夢？」

　碧人はぼんやりつぶやいた。

「仕事を通じて色々と知って、イギリスの伝統菓子を開拓したいと思うようになって。何度も企画書を出してやっとです。入社してからの夢がようやく叶います」

　期待しかないイギリス赴任。饒舌になるのを我慢できない。

「そうか……夢がようやく……」

　碧人は静かにつぶやくと、前のめりになっていた身体を椅子の背に預けた。

　瞳に宿っていたはずの光は消え、表情も固い。ポーカーフェイスで知られていた碧人先輩が目の前にいる。

「あ、あの。さっき、なにか言いかけてましたけど……？」

　美月は居心地の悪さを感じながら、問いかけた。

　碧人が抱える罪悪感を消したくて赴任の件を話したが、勢い込んだせいで碧人の話を聞き逃してしまった。

「そのことなら、もういいんだ」

「でも」

「大した話じゃない。気にしなくていい」

碧人はわずかに視線を泳がせ、きっぱりとそう言った。

「は……はい」

再会直後のぎこちなさがようやく薄れた気がしていたが、あっという間にふたりの距離が広がった。

「いや……。本当になんでもないんだ。それより遅くならない方がいいな。そろそろ行こうか」

碧人は淡々とした声でそう言うと、手元のコーヒーを飲み干した。


「本当に送らなくていいのか？」

エレベーターに乗り込んですぐ、碧人は心配そうに眉を寄せた。

碧人の手には引き出物が入っている紙袋がふたつ。ひとつは美月の袋だ。

「大丈夫です。そろそろタクシーも空車があると思うので、平気です」

「だったらいいが。じゃあ、乗り場まで送らせてくれ」

「……ありがとうございます」

頭を下げたと同時にエレベーターが止まり、数人の客が乗り込んできた。ふたりきりだった空間があっという間に密度を増し、美月は遠慮がちに碧人との距離を詰めた。

途端に碧人の手の温もりを背中に感じて、おずおずと見上げた。

まるで射るような強い眼差しが、美月を見つめている。

「あ……」

心臓がトクリと跳ね、一気に体温が上がったような気がする。

美月を支えるように背中に置かれた碧人の手も、ひどく熱い。

狭いエレベーターの奥、美月はまるでふたりきりでいるような感覚を覚えながら碧人を見つめた。

高校の頃よりも引き締まった顎のライン、目尻には見たことのない小さな傷跡。なにより十一年という時間を感じる逞しく変化した身体。

まるで今日初めて会ったような気がして寂しくなるが、見覚えのある耳たぶのホクロに気づいてホッとする。

ピアスを付けていると勘違いした教師から注意を受けたと言っていた。

「ふふっ」

それをふたりで笑いとばした時の優しい空気を思い出して、つい笑い声が零れた。

「あ……なんでもなくて」

美月は小声でささやいて、視線を泳がせた。

その瞬間碧人の手に力が入り、さらに近くに抱き寄せられる。

「え……？」

とっさに後ずさり距離を取るものの、再び抱き寄せられ胸に優しく押しつけられた。

「碧人先輩？」

見上げても、チラリと視線を向けられただけで解放される気配はない。

礼服越しに聞こえてくるのは規則的に届く碧人の心臓の音。

美月は一瞬で熱くなった全身に広がる照れくささをやり過ごすように、その音に耳を傾けた。

やがてエレベーターは一階に着き、扉が開いた。

同時に背中にあった碧人の手が離れ、心細さに思わず唇をかみしめる。

「あの、ここで大丈夫です」

これ以上一緒にいると、別れづらくなる。

美月はエレベーターを降りながら、碧人に預けていた引き出物を受け取ろうと手を伸ばした。

「乗り場まで送る」

碧人はひと言そう言って、美月を気にかけながら歩き始めた。

「碧人先輩は部屋に行ってください」

碧人は今日と明日が休みなので、今夜はホテルに泊まって明日の午前中に小松に戻ると言っていた。今夜は披露宴に出席したメンバーで、約束があるかもしれない。

「あの、久しぶりに会えて、うれしかったです」

ざわめくロビーを歩きながら、美月は言葉を重ねた。

うれしくて、今はそれ以上に寂しい。

たとえわずかな時間でも、二度と会えないとあきらめていた人に会えたのだ。その奇跡に感謝しなければ。

それはわかっているが、込み上げる思いに目の奥が熱く、碧人の顔を見られない。

今にも涙が零れ落ちそうだ。

美月はうつむきクリーム色のスプリングコートの裾の向こう側に見える白いパンプスを、ひたすら見つめた。

「あっ……きゃあっ」

大勢の客が行き交うロビーの片隅、美月は背後からやって来た集団に背中を押され、身体を大きく揺らした。

一心に足もとを見ていたせいで気配に気づかず、よけられなかった。

倒れそうになった身体を支えようと両足を踏ん張った途端、足首に激痛が走る。

「痛いっ」

脚から力が抜け、美月は激痛とともにその場にくずおれた。慣れないヒールで負荷がかかり、脚が耐えられなかったようだ。

「美月っ」

毛足が短いカーペットに倒れ込む寸前、伸びてきた碧人の両手に抱き留められた。

「大丈夫か？」

碧人は美月の身体を胸に抱き寄せると、間を置かず美月の脚を確認する。

「痛むんだよな。どこが痛い？　足首か？」

「大丈夫です。脚なら疲れていただけで、すぐに治まります」

この程度のことは、これまでにも何度か経験している。

「痛むなら医者に診てもらった方がいい」

「平気です。しばらく休んだら痛みも消えるんです。たまにあるから慣れてます」

無理は厳禁。そして痛みや違和感とうまく付き合うよう、主治医から言われている。

「今日は大切な日だから、ヒールのある靴をがんばって履いちゃって」

とはいえ後悔はない。莉音の門出にふさわしい装いで出席したかったのだ。

「わかった」

碧人は美月を胸に抱き寄せたまま天井を見上げなにやら考え込むと、ふっと息を吐き出した。

「だったら俺が取ってる部屋で休めばいい。脚の痛みが落ち着くまで一緒にいさせてほしい。心配なんだ」

「部屋って、あの……悪いです。それに、この後予定があるんじゃないですか？」

語気を強めた碧人に、美月はたじろいだ。突然の展開に理解が追いつかない。

「いや、なにもない。もしあっても、美月をこのまま放っておくわけがないだろ」

碧人は固い声でぴしゃりとそう言うと、美月の身体をかき抱いた。

「美月……」

これほど動揺している碧人を見るのは二度目だ。

美月が二度とバレエを踊れないと知った時も、碧人は今と同じように苦しげに美月を抱きしめた。

「碧人先輩」

美月もその時と同じように両手を伸ばし、碧人の身体を抱きしめた。

ふたりの人生は別々の方向を向いていて、この先会うことも一緒にいることもない。

けれど、今日だけでいい。こうして再会できた奇跡に甘えてふたりでいたい。

美月はそっと目を閉じ碧人の胸に顔を埋めた。

第二章　パパはドルフィンライダー

「れん君、すごいねー。あっという間に飛んでいっちゃったね」

美月は感嘆の声をあげながら、ベビーカーの中から空に向かって手を振る蓮人を抱き上げた。

二歳四カ月になった蓮人《れんと》は、大きな飛行音に怯えることもなくご機嫌だ。

空の向こうに消えたブルーインパルスを、キラキラした目で必死に追いかけている。

やがて美月と視線を合わせ、不思議そうに首をかしげた。

機体が視界から消えて、戸惑っているようだ。

ここは宮城《みやぎ》県にある航空自衛隊松島《まつしま》基地。

ブルーインパルスの日常訓練が行われていて、今も六機の機体が青空を縦横無尽に飛行し、基地周辺に集まったファンたちを喜ばせている。

美月と蓮人も基地と柵で仕切られた場所で、大勢の観客とともに観覧中だ。

日に二度ある訓練飛行の時にはパイロットが手を振ってくれることも多い絶好の場所らしい。

今回蓮人にブルーインパルスの飛行を見せると決めてすぐ、ＳＮＳで調べて知った。

「ぶるーは？」

蓮人はまだブルーインパルスと最後までしっかり言えず、ブルーどまり。それもまたかわいらしい。

「遠くに行っちゃったけど、もうすぐ戻ってくるよ」

美月は優しく言い聞かせる。

四月の空は薄い雲がわずかに浮かんでいるだけで、見渡す限り青空が広がっている。

その青をキャンバスにしてスモークで描かれたハート。そしてそれを射貫く矢。

それはキューピットという課目で、ブルーインパルス五番機と六番機がスモークで描いたハートを四番機がスモークオンで上昇し、まるでハートを矢が射貫くような絵を作りあげる。

一年ほど前、青森《あおもり》で暮らす祖父母のもとを訪ねた時に偶然ブルーインパルスの展示飛行に遭遇し、それ以来蓮人はブルーインパルスに夢中だ。

青森に行けばいつでも見られると勘違いしたのか、思い出したように「大ばあちゃんのおうち」と口にしては青森に連れて行くようねだるようになった。

簡単に連れて行ける距離でもなく、ＳＮＳに投稿されている飛行映像を眺めさせつつ乗り物図鑑を用意して他の乗り物にも興味を持つよう促しているが、今も蓮人の一番人気はブルーインパルス。特別な存在のようだ。

青森でブルーインパルスを知って以来、実際に目にするのは今日が初めて。機体の機敏な動き、そして飛行スピードの速さはもちろん、次々と繰り出される飛行技術に圧倒されっぱなし。蓮人も本物を目にして興奮している。

きっと自分も同じ。興奮で頬は熱く、零れ落ちそうだとよく言われる大きな目はさらに大きく見開かれているはずだ。

心地よい風に揺れる髪も、四方八方に毛先を伸ばして肩の近くで揺れている。

「あ、来た！」

蓮人は編隊を組んで再び姿を現した機体に向かって手を振った。

「わーっ」

あっという間にその姿を大きくする機体に興奮し、蓮人は前のめりに背を伸ばす。

美月は今にも腕の中から落ちてしまいそうな蓮人を慌てて支えた。

「れん君、落ち着いて見ようね」

蓮人がここまではしゃぐとは思わなかった。映像では感じられない空気感や周囲から伝わる熱気に煽られているのかもしれない。

美月は蓮人の額に浮かんだ汗を、複雑な思いでタオルで拭う。

「すげーっ」

「カッコいい！」

六機の機体が順に描くモチーフにひときわ大きな歓声があがり、それにつられて蓮人のテンションも高まっていく。

飛行が始まってからというもの絶えず空を見上げていて、気づけばあまりの迫力に口もぽかんと開いている。

プログラムされたような一糸乱れぬ動きから目が離せない。

これほど感動するなら頻繁に見に来ていればよかったと、後悔するほどだ。

とはいえ手がかかる二歳の息子とふたりでここに来るには覚悟が必要で、今回もぎりぎりまで迷っていた。

それでも思い切って来たのは、美月の小松への異動が決まり、親子ふたりで遠出する時間を当面の間取れそうにないからだ。

友達と離れて新しい保育園に通うことになる蓮人への謝罪の意味も込めて、大好きなブルーインパルスを見せてあげることにした。

蓮人を連れての前泊や、早朝からの移動は大変だったが、基地に近づきブルーインパルスを遠目に見つけた途端はしゃいだ声をあげた蓮人の姿を見て、思い切って来てよかったと心から思った。

「さっくー」

「え、蓮人？」

蓮人の口から突然飛び出したその名前に、美月はドキリとする。

「さっく、どこ？」

「えっと、どこ、かな……」

美月は頬を紅潮させ目を輝かせている蓮人に戸惑い、曖昧に答えた。

〝サック〟は今空を飛んでいるドルフィンライダーのひとりで、蓮人はSNSの映像で見たサックをなぜか気に入り応援しているのだ。

「……サックは四番に乗ってすぐに戻ってくるよ。さっき綺麗なハートに向かって飛んでいたのがサック。本物を見られてよかったね」

美月はそう言葉を続けながらも一瞬口ごもり、目を泳がせた。

ここに来て観客の多さを目の当たりにし、想像以上のブルーインパルス人気に圧倒されただけでなく、その理由を知って動揺しているのだ。

今日の飛行は特別。

ドルフィンライダーとして三年間の任期を終える〝サック〟こと桜井碧人のラストフライトなのだ。

ブルーインパルスの情報を積極的に取りにいかないよう意識しているのが裏目に出て、ここに来るまで今日が彼のラストフライトという特別な日だと知らなかった。

「サック……碧人先輩」

桜井碧人。美月の高校時代の恋人で、三年前にたった一度だけ夜を過ごした相手。そして……蓮人の父親でもある。

とはいっても内緒で出産したので碧人は蓮人の存在を知らずにいる。

彼とは三年近く前の再会以来、連絡を取っていないのだ。

あの時、イギリス赴任が決まっていた美月だが、妊娠をきっかけに辞退した。

ただでさえ高校時代に美月の夢を壊したと責任を感じているのに、さらにその事実を知ってしまったら、どれほどの罪悪感を抱えるのか。

碧人の心情を想像するだけで切なくなる。

念願の航空自衛官として順調に歩みを進めている彼には罪悪感など背負わず、努力して叶えた夢をただ楽しんでほしかった。

妊娠がわかった時も出産を終えてからも連絡するつもりはなく、碧人がドルフィンライダーとして活躍していることに気づいたのもわずか一年前。

蓮人のためにSNSに投稿されているブルーインパルスの飛行映像をチェックしている時に偶然知ったのだ。

防衛大学校を卒業している碧人には、この先幹部としての責任を背負う未来が待っている。美月への責任や後悔など抱えずに充実した日々を送ってほしい。

だからこの先も、碧人に蓮人の存在を知らせるつもりはない。

美月は日に日に碧人に面差しが似てきている蓮人を見つめた。

碧人の三年間を労うセレモニー飛行。

もちろん碧人は美月たちがここにいることを知らないが、一生忘れないだろう大切な時間を息子とふたりで共有できた。

宝物のような時間を過ごせただけで、十分幸せだ。

「碧人先輩……」

身体が震えるほどの大きな音を響かせ頭上を猛スピードで飛び去る機体を見上げながら、美月はいつの間にか頬を流れていた涙を手の甲で拭った。

「お疲れ様でした」

ドルフィンライダーになるという夢を叶え、三年間大勢の人に感動を与えた碧人。

彼のそんな状況を知ってからまだ一年程度だが、碧人の面影を蓮人の中に見つけるたび心の中で彼の無事を祈り、応援した。

おまけに蓮人にねだられて何度も動画を見せるうちに、碧人についての情報が否応なく耳に入るようになった。

全国各地にいるブルーインパルスのファンがＳＮＳに投稿する映像や写真、それに特集が組まれた雑誌や写真集。

蓮人に引きずられて深入りしてはいけないと自制しながらも、碧人の活躍をつい追ってしまうこともあった。

そんな日々もいよいよ終わる。

航空自衛隊の広報としての役割を担うブルーインパルスから離れた碧人の次の配属先は公表されず、この先どの基地でどんな日々を送るのかを知る手立ては途絶えてしまう。

そう考えると、碧人には蓮人のことを伝えずにいるのに身勝手かもしれないが、偶然とはいえ蓮人に父親の最後のフライトを見せてあげられてよかった。

「さっくー」

今日何度目だろう。蓮人は映像で見てファンになった四番機パイロットのサックに向かって手を振っている。

蓮人にも自分がサックの息子だとは知らせないつもりだ。

美月は申し訳なさと切なさをごまかすように、蓮人と一緒に空に向かって力一杯手を振った。

やがてラストフライトは終了し、厳粛な音楽が流れる中パイロットたちが順に降機する。四番機から降りた碧人が整備担当の三人と握手を交わしているのが見える。

基地内に流れるアナウンスが、碧人に労いと感謝の言葉を伝えている。

美月の周囲からはサックと呼びかける声や拍手の音が盛んに響き、美月に抱かれた蓮人もつられてサックと何度も呼びかける。

距離はあるもののもしも碧人に見られたらどうしようと内心ドキドキするが、それでも碧人から目が離せない。

碧人を直接見られるのは今日で最後。美月は三年間ご苦労様という気持ちとともに、基地内で行われているセレモニーを目を凝らし見つめた。

すると場内アナウンスが流れ、碧人への花束贈呈が始まった。

「え……？」

大きな花束を手に碧人の正面に立った女性の姿に、美月だけでなく周囲の観客たちからも戸惑いの声があがる。

三十歳前後の長身でスラリとした女性が、碧人に花束を手渡している。

「誰だ？」

「え、サックって独身だよね。だったら普通ご両親が花束を贈るはずなのに、彼女は恋人ってこと？」

「任期を終えたから結婚するとか？」

「そういえば結婚したって噂を聞いたような気もする。デマと思って聞き流したけど、本当に結婚したってこと？」

あちこちから驚きの声が聞こえてくる。

「結婚？」

美月はその可能性にドキリとする。

「え、彼女、マリッジリングをしてるぞ。やっぱり結婚したのか？」

望遠レンズを覗いているファンの声に、周囲のざわめきがいっそう大きくなる。

美月は信じられない思いで碧人と女性の姿を見つめた。

碧人は花束を受け取り女性と親しげにハグをしている。

遠目からではふたりの細かい表情は確認できないが、当然のようにハグをしたところを見ると、ふたりの関係はかなり深く、まるで家族のように見える。

やはり結婚しているのだろうか。

「まあ、サック以外のパイロットは全員既婚者だから、結婚してもおかしくないか」

「だな。少なくとも婚約くらいはしていそうだよな」

ちらほら耳に届く観客たちの考察を、美月は目を閉じ受け止める。

碧人は三十三歳。結婚していてもおかしくない年齢だ。

だとすれば、今日という記念すべき日を妻に祝ってもらうのは当然のこと。

美月は思いがけない現実に心臓が跳ね上がり、全身が小さく震えるのを感じた。

高校時代、半年にも満たないわずかな間付き合っただけ。碧人が卒業してからは顔を合わせるどころかメッセージのやり取りや電話で話すことすらなかった相手だ。

それどころか碧人にとって美月は、高校時代の負の象徴でしかない。

それに三年前に再会した時も蓮人を身ごもった時も、碧人との縁をつなごうとしなかったのは美月自身。

そんな自分が碧人の結婚に動揺するのはおかしい。

美月は蓮人を抱きしめる手に力を込め、気持ちを落ち着けるように息を吐き出した。

碧人には、夢見ていた航空自衛官としての人生をこの先もまっとうし、充実した日々を送ってほしい。

碧人に再会したあの日も、そして蓮人を身ごもった時も、美月は強くそう願った。

ふたりの人生をもう一度重ねることができれば……。

そんな期待に胸を膨らませたりもしたが、碧人が抱えていた罪悪感は予想以上に大きく、美月が側にいることでさらにその感情に支配されると思い知った。

自分は碧人の側にいない方がいい。

碧人には碧人の人生があり、自分は碧人の人生の重荷でしかない。

そう自覚しているのに、いざ碧人が自分以外の女性と親しげに笑みを交わし抱き合う姿を見ると、胸の奥に隠したはずの想いが溢れ出そうになる。

「もしも……」

高校生の時、もしも碧人との未来をあきらめなかったら。それに蓮人を身ごもったことを碧人に知らせていたら。

今日という碧人の特別な日に花束を贈るのは、自分だったかもしれない。

「それは、ない」

身勝手な思いに、美月は目を閉じ頭を横に振る。

今さら自分に都合のいい想像をして落ち込んだり後悔したりする資格はない。

今できるのは、碧人の結婚と幸せを祝福することだけ。

そう、美月にできるのはただそれだけだ。

「れん君？」

いつの間にか腕の中でおとなしくなった蓮人を見ると、さすがに疲れたのか満足そうな笑みを浮かべて眠っている。

初めての遠出、そして迫力あるブルーインパルスの飛行に興奮して体力も気力も限界だったに違いない。

「パパに会えてよかったね」

美月は小さくささやき、蓮人をベビーカーに寝かせた。

「帰ろう」

碧人が結婚したらしいと知って動揺しているが、偶然にも蓮人と一緒にラストフライトを見られて満足だ。思い残すことはない。

そう自分に言い聞かせながら、これで最後だと再び基地に視線を向けると、碧人が隊員たちからバケツで水をかけられていた。

遠目にもわかる碧人の満ち足りた笑み。この三年間の彼の充実ぶりがよくわかる。

「本当にお疲れ様でした」

碧人に向けて軽く頭を下げると、美月は思いを断ち切るように基地に背を向けた。

「れん君、楽しかったね」

そう言ってベビーカーを覗くと、碧人によく似た顔で蓮人がぐっすり眠っている。

碧人とこの先会えないとしても、自分には蓮人がいる。

「だから大丈夫」

美月は心の中で何度もそう繰り返しながら、基地をあとにした。


九月に入り、美月は石川県の小松市にあるカフェ『ウィステリア』で働いていた。

美月が勤める藤崎商事が五年前から全国で展開しているカフェのひとつで、五月半ばに赴任した。

駅から徒歩五分という好立地にあるガラス張りの店内は明るく広く、ご近所さんや観光客で連日賑わっている。モーニングでのみ提供している玉子サンドが人気で、連日午前七時の開店とともに三十席ほどの店内はすぐに満席になる。

カフェの経営の第一の目的は各地域の流行や傾向をSNSではなく直接察知して本業に還元することで、採算は二の次。

社会貢献の一環として子ども食堂を週に一度実施したり地域のコミュニティの場と

しての役割を果たしたりしながら、地元に根付いたカフェを目指している。

カフェは現在全国に二十店舗ほど展開されていて、各店舗に数人の社員が派遣されている。美月もそのひとりで、二年前にオープンしたこのカフェで主に経営を担当しながら状況次第で店にも出ている。

出産後も以前と同じ海外事業チームで働いていた美月が畑違いともいえるカフェ事業グループに異動し小松に赴任したのは、上司の配慮があったからだ。

海外と直接やり取りする機会が多く、真夜中にリモート会議というのも珍しくない。出張も頻繁にあり、両親のサポートがあるとはいえシングルマザーの美月にかかる負担は大きく、体調を崩したこともあった。

産休前まで取り組んでいたイギリスの伝統菓子の開拓に関わる業務も、すでにプロジェクトが発足されていて、美月に代わって急遽赴任した社員を中心に順調に進んでいる。

美月がそこに加われる余地はなく、未婚のシングルマザーとして子どもを育てる美月への一部社員の理解のなさもあって、復帰後の職場は決して居心地がいいものではなかった。

そんな時、美月の仕事ぶりを認めていた上司からしばらく本社を離れてみないかと提案があった。転勤先は美月が属する食品統括部内のカフェ事業グループ。カフェに派遣される社員の任期は二年で、その期間、環境を変えて別の仕事に向き合うのは悪くないはずだと言われ、美月はそれを受け入れた。

実家暮らしが長く、両親からのサポートを頼りに蓮人を育ててきた美月にとっては一大決心。

居心地の悪い場所で気を遣いながら仕事に向き合うよりも、蓮人と新しい場所で新しい生活を始める方が建設的だと考えたのだ。

結婚した姉の日葉里《ひより》が偶然にも小松で暮らしていることも、決断の後押しになった。

その判断は正しかったようで、仕事と住まいを移してからはや四カ月。今では新しい生活に慣れ、慌ただしくも日常を楽しむ余裕も生まれてきた。

蓮人と笑い合える時間が増えたのが、なによりうれしい。

とはいえ本社から逃げ出すようにここに来たという後ろめたさは今も消えず、自分の弱さに落ち込むこともある。

「こんにちはー」

ランチタイムが終わり幾分落ち着きを取り戻した店内に、明るい声が響いた。

近所に住む日葉里が、暑い暑いと言いながら大きな紙袋を手に店に入ってきた。

「いらっしゃいませ」

美月はカウンターの上を片付けていた手を休め、笑顔を向けた。

「どうしたの？　すごい荷物」

美月はテーブル席に腰を下ろした日葉里の手元に水が入ったグラスを置いた。

「これね、お菓子色々。お義母さんが旅館組合の集まりでもらったらしくて、ここに持って行ったらって。子ども食堂に来る子どもたち、喜んでくれるかな」

「お菓子？」

大きく膨らんだ袋の中を覗くと、まんじゅうや煎餅をはじめ、最近人気のグミやスナック菓子などがたくさん入っている。

「旅館で扱ってほしいって、業者が売り込みに来てどっさり置いていったんだって」

日葉里の夫、篠田兼吾《しのだけんご》は老舗高級旅館の跡継ぎだ。日葉里と兼吾は大学時代に知り合い、卒業を機に結婚して数年後、小松で居を構えた。

それから七年余り、今では旅館の経営を任された夫を支えながら、日葉里自身も若女将修行を兼ねて旅館で働いている。

とはいえ八歳と六歳の女の子を育てる母としても忙しい日葉里は、バイト感覚の若女将修行だと言って、気楽な様子で笑っている。

真面目でストレスを抱えやすい美月とはまるで正反対。

「このお菓子どれもおいしかったのよね」

「ありがとう。子どもたち、喜ぶよ」

週に一度実施している子ども食堂には近所の子どもたちや保護者が大勢集まり、毎回賑やかだ。

メニューを考え調理しているバイトはみな近くの大学に通う管理栄養士の卵たちで、栄養価計算もばっちり。子どもたちからの評判も上々だ。

「コーヒーをもらえる？　あ、アイスで」

「わかった。すぐに用意するね」

美月はカウンターにいるバイトに視線を向け「アイスコーヒーひとつお願いします」と声をかける。

「週末の航空祭も暑くなりそうね」

日葉里がうんざりしたように顔をしかめた。

九月半ばとはいえ秋の気配はまるでなく、夏日の連続記録更新中だ。

小松基地で航空祭が開催される来週末も晴天で気温も上がると予報が出ていた。

「いらっしゃいませ。久しぶりですね」

店長の岡崎《おかざき》が日葉里に声をかけ、アイスコーヒーをテーブルに置いた。

先月三十七歳になった岡崎は、ちょうど一年前に美月が在籍していた海外事業グループからカフェ事業グループに異動し、同時にこのカフェに赴任した。

他にも近隣にあるいくつかのカフェの運営管理を任されていてかなり忙しい。

彼は美月の新入社員の時の教育担当で、面倒見がよく仕事ができると評判の優しい先輩だ。

幼少期から海外生活が長く英語が堪能な岡崎は、美月の入社以前にアメリカとイギリスに赴任した経験があった。

美月がイギリス赴任を希望していると知れば自身の経験を交えながら希望が通るためのアドバイスをくれたり、念願叶ってイギリス赴任の内示が出た時には英会話のレッスンをしてくれたりとかなり世話になった。

けれど赴任の一カ月前に美月の妊娠がわかり、結局赴任を辞退した。

その結果、急遽別の社員の赴任が決まり事業部内に小さくない混乱が生じた。

おまけに美月のために上司に推薦文まで書いてくれた、岡崎の顔を潰してしまった。

当時を思い出すと、今も岡崎をはじめとする多くの人に申し訳ない気持ちでいっぱいになる。

偶然にも再び岡崎の下で働くと決まった時、迷惑をかけた岡崎のために力を尽くそうと決めた。

「さっき航空祭っておっしゃってましたが、この時期旅館は予約でいっぱいなんじゃないですか？」

岡崎の問いに、日葉里は「そうなんですよ」と答え、コーヒーを口に運ぶ。

「前泊するファンが多いからうちは商売繁盛でありがたいんですよね。ここも去年はかなり忙しかったでしょ？」

「たしかに。SNSの力を実感しましたね」

岡崎はクスリと笑い、長身の身体を小さく揺らした。一重まぶたの大きな目が優しく光る。

「うちはおいしいモーニングが売りなんですけど、ここ一年は例のシフォンケーキがSNSで広まったおかげで航空自衛隊ファンの方が大勢来てくれるようになりました。おかげでこちらも商売繁盛です」

岡崎は冗談めかしてそう言っているが、それは決して大袈裟な話ではない。

SNSで情報が拡散された結果、小松基地に配置されている戦闘機、通称イーグルの絵をチョコペンでプレートにデコレートしたシフォンケーキが人気を呼び売れに売れたのだ。その結果、今ではそれまで一番人気だった玉子サンドに代わる看板メニューに成長した。

「あ、すみません、今から配達なんです。ごゆっくり」

岡崎は軽く頭を下げると、美月に『憩《いこ》い園《えん》』にプリンを届けてくるから、店をよろしく」と言い残し厨房の奥へと駆け込んだ。

憩い園は車で十分ほどの場所にある老人介護施設で、注文を受け週に三日おやつにプリンやシュークリームを作って届けている。

「岡崎さん、いつも忙しそうね」

日葉里は感心し、コーヒーを飲み干した。

「今日はバイトさんが少ないから余計にね。私もリモートだけど今から工務店さんと打ち合わせなの」

「工務店？　なになに、改装でもするの？」

「そんな大袈裟な工事じゃないけど、ベビーカーとか車椅子がスムーズに出入りできるように裏口にスロープを付けて間口を広げることにしたの」

休日には親子連れの客が多く、ベビーカーの持ち込みも少なくない。

週に一度実施している子ども食堂にベビーカーに乳幼児を寝かせて参加する親子は

「本社で決裁がおりたから、早速具体的な打ち合わせが始まって忙しくて」

カフェにはもうひとり社員が本社から来ているが、それでも人手が足りず忙しい。総勢十人のバイトの力を借りながらの日々だ。

おかげで本来はバックヤードの仕事に専念するはずの美月も、フロア業務で一日が終わることも多い。

「ふうん。でも楽しそうよ。こっちに来た時は顔色もよくないしギリギリって感じだったけど、今は生き生きしてる」

「ギリギリって……そんな、大袈裟」

美月は視線を泳がせた。自覚があるだけに居心地が悪い。

たしかに以前は、念願だったイギリス赴任をあきらめたうえに本社でも居場所を見つけられず落ち込んで、無駄に自分を追い込んでいた。今思えば産後のホルモンの変化に身体がうまく対応できず、精神的に不安定になっていたのかもしれないが、当時は日々生きるだけで精一杯。そこまで頭が回らなかった。

とっさに否定したものの、日葉里が言うように、ギリギリというのは大袈裟な話でもないのだ。

「まあ、人生ってなるようになるものよ。私なんて、公認会計士として一生バリバリ働くつもりが、温泉旅館の女将修行。だけどそれも楽しいし、気楽に考えなきゃ」

「お姉ちゃんらしい」

日葉里の飄々とした言葉に、美月は口元を緩めた。

五歳年上の彼女は美月にとって憧れの存在。子どもの頃から目標にしてきた。彼女がいなければなんの縁もない土地に蓮人とふたりで赴く勇気は持てなかったかもしれない。

「そうだ。今日は旅館には戻らないから、れん君のお迎え行かせてもらっていい？」

日葉里が軽く手を叩き、美月を見上げた。

「え、いいの？」

美月は遠慮がちに答えた。

これまで何度か蓮人のお迎えを日葉里にお願いしたことがある。他にも保育園が休みの日に出勤しなければならない時に何度も日葉里に助けてもらっているのだ。

「いいわよ。仕事、忙しいんでしょ？」

「う、うん……」

工務店との打ち合わせの後にはバイト希望の大学生の面接があり、新しいメニューの打ち合わせも予定している。

「でも、お姉ちゃんも忙しいのに」

旅館の手伝いとふたりの小学生の娘の世話。そして家事。美月よりも日葉里の方が忙しない毎日を送っているのだ。そうそう甘えるわけにはいかない。

「いいからいいから。忙しいのには慣れてる。今日は私が迎えに行ってお風呂とご飯も済ませておくから。気にしないで」

「だけど、申し訳ない――」

「いいのよ。今の美月、仕事が楽しめるようになっていい顔してる。私はそれがうれしいの」

「いい顔……」

美月はハッと両手を顔に当てた。

たしかにそうかもしれない。

小松に来てから四カ月。今では仕事や忙しい毎日を楽しめる、本来の自分に戻りつつあると感じている。

ようやく、ここに異動してきたのは正解だったと思えるようにもなってきた。

日葉里から〝いい顔してる〟と言われて、その思いはいっそう強くなる。

「今夜は美月の好物のビーフシチューを作っておくから、仕事、がんばりなさい」

「……ありがとう。じゃあ、今日は蓮人のお迎えお願いします」

美月は日葉里の気遣いと優しさに心から感謝し、自分が今どれだけ恵まれているかを改めて実感した。

週末、小松基地航空祭を翌日に控え、カフェには前泊するファンが大勢やって来た。明日は基地が一般開放され、ブルーインパルスの飛行展示が行われたり、F―15戦闘機の地上展示があったり。他にも事前予約が必要だが管制塔の見学もあるらしく、ファンにとっては一度は参加してみたい企画が目白押し。

今も店内には明日を心待ちにしているファンたちの弾む声が飛び交っている。

「お待たせしました。シフォンケーキです」

バイトたちが、できあがったシフォンケーキを次々テーブルに運んでいる。

シフォンケーキの今日の売上げは普段の五倍以上。厨房には焼きあがったケーキの甘い匂いが絶えず漂っている。

「写真で見たまんま。愛嬌があるイーグルだね」

「戦闘機なのに、かわいすぎて笑っちゃう」

「今年もこれを食べられる幸せ。来年もちゃんとここに戻ってこられるように一年仕事をがんばろう」

店のあちこちから聞こえる声は楽しそうで、わいわい盛り上がっている。

美月はカウンターの中でドリンクを作りながらその声に耳を傾けた。

昨年もかなりの数のシフォンケーキが航空祭前日と当日に売れたと聞いているが、予想以上の人気に驚いている。

手作りのシフォンケーキはもともとおいしいと評判で注文が多かったが、昨年バイトのひとりが思いつきでシフォンケーキのプレートにチョコペンでキャラクター化された鷲の絵を描いたところかわいいと話題になり、さらに人気が上がった。

小松基地には別名イーグルと呼ばれるF―15戦闘機が配備されていることにちなんでのサービスだが、SNSにあがったいくつもの投稿がきっかけで話題となり、それを目当てにした大勢の客が来店するようになった。

それから一年、今ではバイト全員が絵を描けるようになり客の期待に応えている。

「シフォンケーキ、完売です」

厨房からの声に、美月やバイトたちが顔を見合わせホッと息をつく。

店の外にはシフォンケーキを目当てにわざわざ来てくれた客が並んでいて申し訳な

いが、今日の分の材料が底を突いたので仕方がない。

明日もかなりの客が訪れるはずだ。航空自衛隊のファンの熱意に驚きつつ、美月は心地よい疲労を感じた。

閉店まであと三時間。もうひと息だ。

「有坂さん、明日はすみません。忙しいのにお休みをもらって。本当は休みの有坂さんも店に出るって聞いて……」

バイトの女の子の声に、美月は振り向いた。

「こんなに忙しくなるとは思ってなくて、すみません」

「え、いいのに。気にしないで」

美月は慌てて首を横に振る。目の前で頭を下げている彼女は、明日の航空祭に行くために休みを取っているのだ。

バイトを始めてまだ三カ月と日が浅く、航空祭の影響で店がここまで忙しくなるとは想像していなかったようだ。

カフェの経営を担当している美月は基本的には土曜日と日曜日は休みだが、明日はそうも言っていられず出勤する予定でいる。

「私も正直びっくりしてる。なんだか前夜祭みたいよね」

美月は苦笑し、肩をすくめた。

「明日は他のバイトの子たちが十分シフトに入ってくれたから気にしなくていいわよ」

美月は明るく声をかけた。

「せっかくだし、楽しんできて」

「ありがとうございます。実はブルーインパルスを見るのも初めてで、楽しみです」

「ブルーインパルス……」

久しぶりに耳にしたその言葉に、美月は碧人を思い出した。

ラストフライトを最後にブルーインパルスのホームページから碧人の顔写真が消え、今どの基地にいるのかもわからない。

ドルフィンライダーに選ばれるほど優秀な戦闘機パイロットなら、今もどこかの基地で重要な任務に就いているはずだ。

小松に来ることが決まった時、美月は今と同じように碧人を思い出していた。三年前に再会した時、碧人が小松基地に所属していると言っていたからだ。

彼が小松にいた頃、休日にはこの辺りに足を運んでいたかもしれない――。

まさかと思いながらも胸がざわめくのを感じた時、バイトのひとりが美月の傍らを通り過ぎデコレートを終えた今日最後のシフォンケーキを客のもとに届けた。

「写真よりかわいいっ」

大学生だろうか、三人の女の子たちがシフォンケーキにスマホを向けて熱心に写真を撮り始めた。

チョコペンで描かれたイーグルは、大きく羽根を広げ鋭い目でなにかを見つめている。

おまけにシフォンケーキを囲むたっぷりの生クリームと新鮮なフルーツに彩られたプレートはとても豪華で見た目も抜群。ＳＮＳで話題になるのもよくわかる。

「イーグルか……」

写真で見ただけだが、戦闘機というだけあって存在感の大きさを感じた記憶がある。

「Ｆ―１５戦闘機のパイロットはもっとも優秀な戦闘機パイロットで、イーグルドライバーって呼ばれているんだ」

「えっ？」

不意に背後から聞こえた声に振り返ると、今まで厨房で調理を手伝っていた岡崎が立っていた。

「乗るにはＦ―１５のパイロット資格が必要らしい」

客に届けられたプレートの絵を遠目に見ながら、岡崎が言葉を続ける。

「それなら、私も知ってますよ」

美月はわずかに胸を張り答えた。

「これだけ航空祭で盛り上がっているので少し調べたんです。イーグルドライバーって呼び名もカッコいいですよね。岡崎さんは航空祭に行ったことはあるんですか？」

「いや、今日でわかったと思うけど、店が忙しくてそれどころじゃないからな。近くて遠い小松基地ってとこだな」

岡崎は優しい笑みを浮かべ、クックと笑う。スラリとした身体に黒いカフェエプロンがよく似合っていて、まるでモデルのようだ。

テーブル席からこっそりと岡崎にスマホを向けている女性もいる。

「イーグルじゃなくて岡崎さんが目当ての女性もいるみたいですね」

岡崎は本社にいた時も整った面差しとスタイルのよさ、そしてなにより優しい人柄で女性からの人気は抜群。仕事もできるとなれば、結婚相手としては文句のつけようがない。

異動が決まった時には落ち込む女性がかなりいて、ちょっとした話題にもなった。

「せっかく小松に来たのに航空祭に行けないのは残念だな。来年は臨時でバイトを増やして、一緒に見に行くのもいいかもな」

冗談交じりの声に、美月は軽く肩をすくめた。

なにより仕事が最優先で自分のことは後回しにする岡崎が、忙しい時期に店を留守にするとは思えない。

「見に行けるなら行ってみたいです。蓮人が大好きなブルーインパルスも飛ぶみたいだし」

松島基地で碧人のラストフライトを見て以来、蓮人はそれまで以上にブルーインパルスに夢中で、週に何度も飛行映像を見ている。

「れん君、本当にブルーインパルスが好きだな」

「そうなんです。ここに来る前に松島で見てからはとくに。また見たいってお願いされてます」

「だったらやっぱり、来年は航空祭に連れて行ってあげたらどうだ？　なんなら俺と一緒に三人で――」

「すみませーん。注文いいですか？」

「あ、はい。すぐに行きます」

カウンター近くのテーブル席から声をかけられ、美月はハンディを手に急いだ。

岡崎がなにか言いかけていたのが気になるが、注文を聞く方が先だ。

それはわかっていても、頭の中からブルーインパルスと碧人の笑顔が消えず、落ち着かない。

普段は意識して思い出さないようにしているが、航空自衛隊のファンで溢れた店内にいる今、それは難しい。

碧人は今、どこでなにをしているのだろう。空を飛んでいるのだろうか。

ふとしたタイミングで頭の中をよぎる思い。

同時に思い出すのは、あの日綺麗な女性とハグしていた碧人の満ち足りた笑顔だ。

遠慮のない親しげな様子、そして彼女の指にマリッジリングが光っていた事実を考えれば、彼女は碧人の妻のはず。

碧人は結婚したのだ。そして自分が碧人と顔を合わせる機会はこの先二度とない。

受け入れなければならない現実に、胸がズキンと痛む。

「お決まりですか？」

美月はひっそり深呼吸して気持ちを落ち着けながら、客に笑顔を向けた。

異動直後は裏方としてカフェの運営を担うだけだったが、店に出る機会が増えたことで常連さんと親しくなり顔なじみも増えた。

蓮人を育てていけるのかどうか不安を抱えての異動だったが、今では本社にいた頃よりも笑顔が増えなんとかなると思えるようにもなった。

碧人を思い出して胸を痛めることはあれど、これぱかりは時間が解決してくれるのを待つしかない。

まずは蓮人を幸せにすること。

美月は新しい場所で新しい人生が始まっているのだと、改めて感じていた。

十月に入り、シフォンケーキ人気も落ち着き客足も少しずつ以前の数に戻りつつあった。

週末も美月や岡崎たち社員のうちひとりかふたりとバイト五人ほどで店を回す通常のペースを取り戻し、店内の装飾もハロウィン仕様に変更した。

壁には蓮人が通う保育園の園児たちが描いたかぼちゃやお化けの絵が貼り出され、各テーブルやカウンターにもハロウィンにちなんだ置物が並んでいる。

メニューに新しく加わった、期間限定のカボチャ料理はどれも好評だ。

「かぼちゃ、いっぱーい」

「そうだね。れん君かぼちゃが大好きだよね。でも今はサンドイッチを食べてね」

美月はそう言い聞かせながら、店の最奥のテーブル席に蓮人を座らせた。

蓮人は子ども椅子にすっぽり収まり、オレンジが目立つ店内をキョロキョロ眺めている。

今日は月に一度程度回ってくる日曜出勤の日。保育園は休みなので蓮人を伴い出勤した。

前回は日葉里が蓮人を預かってくれたが今日は旅館が忙しいらしくて頼めず、岡崎やバイトの面々も快く承知してくれたので、好意に甘えさせてもらったのだ。

「お茶も飲もうね」

「うん。おちゃー」

朝早く起こされた蓮人はまだ少し眠そうだが、久しぶりのカフェに興味津々、ご機嫌だ。

美月が朝食に用意したサンドイッチに早速手を伸ばしている。

「ママはお仕事だから、お利口さんにしていてね」

「んー」

理解しているのかいないのか、蓮人は機嫌よくサンドイッチを頬張りニッコリ笑う。

美月は持参した絵本やスケッチブック、そして大好きなブルーインパルスが特集された雑誌をテーブルに並べた。

今日は十三時までの勤務だが、それまであと五時間を機嫌よく過ごしてくれるのを願うのみだ。

「あら、れん君久しぶりね。ご一緒してもいいかしら？」

楽しそうな声に顔を向けると、ひとりの女性が立っていた。

「おはようございます」

優しい笑顔を蓮人に向けている女性は、近所に住む佐々木《ささき》だ。

普段からよくモーニングを食べに来る子ども好きの常連で、蓮人のことも可愛がってくれている。先月、家族から喜寿を祝ってもらったと言っていたが、背筋はピンと伸びていて肌も艶々。その年齢とは思えないほど若々しい。

「おいしそうなサンドイッチを食べてるのね。私はホットケーキをいただこうかしら」

佐々木は美月にそう言って、蓮人の向かいの席に腰を下ろした。

「かしこまりました。飲み物はいつものミルクティーでいいですか？」

「ええ、お願い。こちらの紅茶はおいしくて、いつも楽しみなのよ」

「ありがとうございます。急いで用意しますね。……れん君、ここでいい子にしていてね」

美月はパンくずがついた蓮人の口元をティッシュで拭いながら、言い聞かせた。

蓮人はどちらかといえば聞き分けがよく手がかからないが、まだ三歳にもなっていない。そのうちぐずぐず言い出すはずだ。

「ここにブルーの写真があるからね」

美月は持参した雑誌を開いた。これは碧人のラストフライトが特集された雑誌で、蓮人の最近の一番のお気に入りだ。

「あら、ブルーインパルスが好きなの？　この間、私も航空祭で見たのよ」

佐々木は傍らに置いていたスマホに写真を表示させると、美月と蓮人に見せた。

「わあ、いいですね。すごく綺麗」

画面には青空をバックに編隊を組み、飛行する六機の機体が表示されている。

「初めて見たけど、カッコよくて見とれちゃったわ。ほら、れん君も見る？」

「ブルーっ！」

蓮人は身を乗り出してスマホの画面を見つめ、うれしそうに声をあげた。

「本当に好きなのね」

佐々木はふふっと笑う。

「ママがお仕事の間、れん君にはおばあちゃんの相手をしてもらおうかしら。れん君いい？」

蓮人の顔を覗き込みそう言うと、佐々木はスマホの画面に写真を次々と表示させた。

蓮人は食い入るようにその写真を見つめ、表情をほころばせる。順に画面に現われるブルーインパルスに目が釘付けだ。

「れん君のことなら心配いらないわよ。そのうちいつもの顔ぶれが揃うから、みんなでれん君を可愛がらせてちょうだい。うちの孫はもうみんな大きいかられん君くらいの子を見ると懐かしいのよ」

「でも、そのうちぐずぐず言い出すと思うんです。その時は店の外に出ていようかと」

「子どもがぐずぐず言うのは当たり前よ。私くらいの年になるとね、それがかわいくて仕方がないの。とはいっても私も有坂さんくらいの年の時はそうも言ってられなかったけど」

佐々木はおどけたようにそう言って軽く肩をすくめた。

「ほら、ママはさっさとお仕事に戻って、早くミルクティーを持ってきてちょうだい。私は今かられん君にブルーのことを教えてもらうから」

「あ……は、はい。ありがとうございます」

美月は軽く頭を下げ、厨房へと向かった。途中振り返ると、蓮人の隣に席を移した佐々木と蓮人が、佐々木のスマホを覗き込んでいる。

「ブルー、カッコいい」

美月は興奮気味の蓮人の声に頬を緩ませながら、遠回しに蓮人の世話を引き受けてくれた佐々木に心から感謝した。

佐々木に限らず、常連たちはみな、美月と蓮人を温かく見守ってくれている。

古い慣習や考えが残る地方都市では、美月のような未婚のシングルマザーへの目が厳しいだろうと覚悟していたが、現実は違っていた。

深入りせず優しく見守り、ここぞというタイミングで手を差し伸べてくれる。

それは本社にいた時にはなかったことで、それまで抱えていた重荷が軽くなった気分だ。

「わー、ちょっと悔しい。私もれん君と遊びたかったのに、佐々木さんに先を越されました」

「え……？」

紅茶の茶葉が入った缶を手に振り返ると、バイトの女の子が大袈裟に顔をしかめていた。

「れん君が来るって聞いて、楽しみにしてたんです。だから店が忙しくなる前にれん君とお話しようと思ってたのに。仕方ない、あとで私もちょっとれん君に挨拶してきます」

「あ、挨拶？」

美月はきょとんとする。

「そうですよ。今日のバイトはみーんなれん君に会うのを楽しみにしてるんです。だかられん君のことは心配しなくて大丈夫ですよ。みんなで見てるし任せてください」

「見てるって、それはありがたいけど、申し訳ない――」

「全然です。私、幼稚園の管理栄養士を目指してるので勉強にもなるし、子どもが大好きだし。それにれん君かわいいし」

「あ……ありがとう」

勢いにおされ、美月は思わず頷いた。

「というわけで、佐々木さんのホットケーキと紅茶は私が運びます。ついでにれん君とおしゃべりしてきます」

バイトの女の子は美月から紅茶の缶を引き取ると、カップを用意し準備を始める。

「おしゃべり……？　まだ片言に近いけど？」

美月はつかの間ぼんやりした後、ホットケーキの注文を思い出し慌てて厨房の奥に向かった。

途中「れん君おはよー」という常連たちの優しい声が次々と耳に届いて、口元が緩み、胸の奥に熱いものが込み上げてくるのを我慢できなかった。


「有坂お疲れ。そろそろあがっていいぞ」

「もうそんな時間ですか？」

岡崎の声に時計を見ると、十三時を回っている。

「今日は無理を言ってごめんな」

「いえ、それは全然。仕事ですから」

美月はテーブルを片付けていた手を止め、首を横に振る。

「それより蓮人を連れてきてすみません。お客様にも気を遣ってもらって申し訳ないです」

結局、蓮人は常連たちが順に面倒をみてくれ、美月が様子を見に行ったのもほんの数回。

忙しくてつい好意に甘えてしまった。

「それにしても、れん君いい子だな。全然ぐずらないし常連さんたちもメロメロ。俺もあのかわいい笑顔にはキュンとした」

「キュンって。それは岡崎さんの恋人とか、大切な人に言ってあげてください」

岡崎の冗談に、美月はクスクス笑う。

「いや、恋人はいないし、大切な人は――」

「そういえば、絵本、ありがとうございました」

気を遣ってくれたのか、岡崎は最近人気の絵本を蓮人にプレゼントしてくれたのだ。

「いや、姪っ子が気に入ってるから、れん君にもどうかと思ったんだ」

岡崎は照れくさそうに答える。

「すごく気に入ってました。佐々木さんが読み聞かせしてくれて大喜びだったし」

「そうか。いいのがあったらまた用意しておくよ」

「これ以上気を遣わないでください。お店に連れてこられるだけで十分です」

面倒をかけてばかりで申し訳ない。とはいえこの先も蓮人を連れて出勤する日は必ずあるはずで、そのあたりがもどかしくもある。

「それは気にするな。お客さんも喜んでるし。れん君の笑顔は癒やしだよな」

「癒やし……」

美月はトレイに客が食べ終えた食器をまとめながら、バイトの男の子と一緒にスケッチブックに絵を描いている蓮人を見つめた。

「そうなんです。どの親もそうだと思うんですけど、蓮人の笑顔を見ると幸せな気持ちになっちゃうし。保育園にお迎えに行くと一番かわいく見えるし。親バカなんです」

蓮人は子どもながらに目鼻立ちが整っていて保育士からも将来が楽しみだとよく言われる。

女の子からの人気が抜群だった碧人の遺伝子を引き継いでいると感じる瞬間だ。

「有坂？」

「あ、あの。いえ」

美月は慌てて笑顔をつくる。

高校時代、その人気のせいで碧人と別れたことを、思い出してしまった。

「どうかしたのか？」

「いえ、なんでもないんです。蓮人がお利口さんにしていてくれてホッとしただけで」

美月は軽い口調を意識して言葉を重ねた。

「航空祭からずっと忙しくて、疲れてるんじゃないか？　ここはいいからもう帰れ」

「いえ、大丈夫です。でも、時間なので、これを片付けたらあがります」

今さらどうにもならない過去に落ち込んでも仕方がない。

美月は気持ちを切り替えテーブルを布巾で拭き上げた。

「いらっしゃいませ」

バイトの声に振り返ると、三人の男性が店に入ってきた。

長身ですっと背筋が伸びた凛々しい男性たちだ。初めての来店なのか、全員店に足を踏み入れた途端店内を興味深そうに見回している。

「え……？」

美月は最後に店に入ってきた男性の顔を、目を見開き見つめた。

幻だろうか、碧人が店の入口に飾っているかぼちゃのランプを眺めている。

あまりの驚きに持ち上げようとしていたトレイが手から滑り落ち、食器がぶつかる音が店内に響いた。

「すみませんっ」

美月は慌ててトレイを持ち直し、周囲に頭を下げた。

「大丈夫か？」

「は、はい。大丈夫です。ちょっと手が滑っただけで」

美月は曖昧に答え、ぎこちなく笑った。

突然のことに鼓動が一気に跳ね上がり、呼吸もうまくできない。トレイを手にうつむき、どうしようかとオロオロするばかりだ。

「岡崎さん」

バイトのひとりが岡崎に近づき声をかけた。

「電話が入ってますけど、今大丈夫ですか？」

「ああ、わかった。すぐに行く」

岡崎はチラリと美月を気にかけながら、バックヤードに向かった。

「美月？」

この声は間違いない、碧人の声だ。高校時代、そう呼び捨てられるたびにドキドキしてどうしようもなかった。

「美月、だよな」

続く確信に満ちた声に、美月はおずおずと顔を上げた。

「……碧人先輩」

やはり碧人だ。訓練で鍛えられた身体はジーンズに薄手のニット越しでも筋肉がつき逞しいとわかる。

それでも切れ長の大きな目も赤く薄い唇もあの頃のまま。すっと引き締まった顎の形も変わっていない。

三年前に昇華したはずの恋心が、あっという間に胸の奥から蘇ってくる。

「え、なんで美月、ここに？」

驚いているのは碧人も同じ。信じられないとばかりに目を開き美月を見つめている。

「えっと……」

「イギリスから帰ってきたのか？」

「それは、あの……」

美月は言葉を詰まらせ視線を逸らした。

もともと共通の知り合いがいないこともあり、美月がイギリス赴任をあきらめたことも蓮人を出産したことも、碧人は知らない。

後ろめたさを感じつつ、美月は碧人の誤解を利用させてもらうことにした。

「そうなんです。私イギリスから――」

「ままー、できたー」

美月が口を開いたと同時に、蓮人のご機嫌な声が店内に響いた。

「あ……」

慌てて顔を向けると、スケッチブックを手に蓮人が美月のもとに駆け寄ってきた。

「かぼちゃ描けた。上手？」

蓮人は美月にスケッチブックを広げて見せ、褒めて褒めてとばかりににぱーっと笑っている。

「えっと……う、うん。すごく上手に描けてる」

美月はスケッチブックを受け取ると、そっと碧人に背を向け蓮人の姿が見えないように隠した。

「これ、ドラクラ」

蓮人は誇らしげにそう言って、スケッチブックを指差す。見ると黒く塗りつぶされている物体があるが、これがドラクラ、ではなくドラキュラのようだ。

「これ、ままとぼくが――」

「まま?」

碧人のハッとした声が聞こえ、美月はとっさに膝をつき蓮人を抱きしめた。

「それは、あの、違うの」

もしも蓮人の顔を見たら、自分の子どもだと気づくかもしれない。

美月は混乱し、碧人に背を向けたまま蓮人を強く抱きしめた。

「まま?」

蓮人は一瞬驚いたようだったが、長い間美月の仕事が終わるのを待っていて寂しかったのか、甘えるようにしがみついてきた。

美月の胸に頬を寄せ、存在を確かめるようにスリスリしている。

「れん君……」

温かく小さな身体が愛おしくてたまらない。

「まま」

幸せそうな笑顔で美月を見上げる蓮人は、やはり碧人にそっくりだ。今碧人を目の前にして、強く実感した。

「美月？」

碧人の訝かしげな声に、美月は身体を強張らせた。

蓮人の存在を知られて碧人を悩ませたくない。たとえ碧人が蓮人の父親だとしても、碧人は今美月と蓮人とは関わりのない別の人生を送っているのだ。

それはラストフライトの時に花束を持って現われた女性とともに歩んでいるはずの、幸せな人生だ。

碧人の人生の邪魔をしたり、重荷になったりするようなことはできない。

美月は蓮人を抱きしめながら、碧人にどう説明すればいいのかと思いを巡らせた。

「まま、これもみんなが見てくれる？」

「みんな？」

「うん。あそこにこれもならべる?」

蓮人は壁に貼り出されている保育園のお友達が描いた絵を指差した。今描いた絵もそこに加えてもらいたいようだ。

「れん君、これってドラキュラか? 上手に描けたな」

その時電話を終えた岡崎が戻ってきてしゃがみ込み、蓮人に話しかけた。

「うん。上手に描いたっ」

蓮人はうれしそうにそう言って、岡崎に弾けた笑みを向けた。

「れん君は絵が得意だな」

なにかを察したのか、岡崎は蓮人の頭をなでながら美月に目配せした。

「このかぼちゃの絵もお店に飾っていいか?」

「いいよっ」

蓮人は声を弾ませ勢いよく美月の身体から離れた。

「見て。かぼちゃいっぱい」

蓮人は岡崎に身体を寄せてスケッチブックを勢いよく差し出した。

「上手だな。これも飾っておくから、れん君はお片付けしよう。ママも手伝ってくれるって」

優しく言い聞かせ、岡崎は蓮人の頭を何度となくなでる。

それがうれしいのか、蓮人はへへっと笑い飛び跳ねる。

「わかった。まま、早くー」

蓮人は今まで美月を待っていたテーブルに一目散に戻って行く。岡崎に絵を褒められたのがよほどうれしいようだ。

「お客様のご案内は俺が引き受けるから。ほら、れん君が待ってる。今日はお疲れ様」

「は、はい。お疲れ様でした」

気づけば美月と碧人の間に立っていた岡崎に耳打ちされ、美月は反射的に頷いた。

岡崎の向こうから顔を覗かせた碧人と目が合いこれでいいのかと一瞬躊躇したが、今はどんな顔で向き合えばいいのかわからない。

なにより蓮人のことを知られたくない。

「お客様、こちらへどうぞ」

碧人たちを案内する岡崎の声を背中で聞きながら、美月は蓮人を追いかけた。

そして手早く片付けを済ませた後、蓮人を見ていてくれた常連客やバイトの面々に礼を伝え、急いで店をあとにする。

従業員が使う裏口から店の外に出た時、つないだ蓮人の小さな手をぎゅっと握りしめながら、美月は込み上げる思いに泣きそうになった。

三年前に再会した時よりも今の碧人の方が、数倍カッコよかった。相変わらずの端整な顔には大人の自信が滲み、佇まいは力強く逞しかった。

顔を合わせていたのはほんのわずかな時間なのに、碧人に抱かれた時に昇華したはずの想いが胸の奥からあっという間に引きずり出されたようだ。

今も碧人を忘れていない。それどころか今もまだ——。

「そんなこと……」

美月は大きく首を横に振った。

たとえ今も碧人への想いが残っていても、どうすることもできない。

碧人が今も変わらず、というよりあの頃よりもいっそう素敵に見えたのは、碧人が今幸せだからだ。

美月と接点ひとつなかったこの三年、ラストフライトの時に姿を見せた女性が寄り添い充実した時間を過ごしていたに違いない。

美月が知らない日々が、今の碧人をつくりあげたのだ。

幸せに違いない碧人の人生に、重荷にしかならない自分が関わるわけにはいかない。

美月は窓越しにでも碧人の姿を見たいと思う気持を胸に納め、蓮人を抱き上げ自宅へと足を速めた。

碧人が店を訪れた日から二週間、美月は碧人がまた顔を見せるかもしれないと緊張しそわそわしながら仕事を続けていた。

碧人を避けるように自然と店の奥で事務仕事をする時間が増え、フロアに立つ時間はかなり減った。

岡崎は気遣わしげな視線を向けてくるだけであの日のことはなにも聞いてこない。なにか察しているはずだが、そっとしておいてくれるその気遣いがありがたい。

ただ、後日岡崎から聞いた話では、碧人たちはあの後シフォンケーキを注文しチョコペンで描かれたイーグルを見て盛り上がっていたそうだ。

『イーグルドライバーが食べるイーグル。写真のタイトルはそれだな』

ひとりがそう言いながら写真を撮っていたらしく、三人とも小松基地所属の航空自衛官で、少なくともひとりはイーグルドライバー。F―15戦闘機のパイロットのようだと言っていた。

ブルーインパルスのパイロットに選ばれるほどの技術を持つ碧人なら、現在イーグルドライバーであってもおかしくない。

うことだ。

そしてそれは、碧人が航空自衛官としてやりがいのある道を順調に歩んでいるとい

「お疲れ様でした。お先です」

美月はランチタイムが終わって店が落ち着いたタイミングで仕事を終え、店を出た。

日曜日の今日は本来は休みだが、人手が足りず美月も店に出ていたのだ。

バイトは全員管理栄養士を目指していて、現在四人が二週間の病院実習中。

実習がスタートする一週間前から終了まで、なんらかの感染症に罹患して実習先の病院にウィルスを持ち込まないようバイトが禁止されているのだ。

「美月」

店を出てすぐに声をかけられて、美月は足を止めた。

「仕事は終わったのか？」

この二週間絶えず頭から離れなかった声に振り返ると、店の角から近づいてくる碧人と目が合った。

休日なのかブラックジーンズとグレーのノーカラーのジャケットというラフなスタイル。

不安そうな表情を浮かべながらも、美月をまっすぐ見つめ近づいてくる。

「碧人先輩、どうして……」

この状況を心のどこかで予想していたとはいえ、いざとなるとどうしていいのかわからず言葉もうまく出てこない。

「少し時間をもらえないか？　話がしたいんだ」

「話……あっ」

蓮人のことを思い出して、美月は両手で口を押さえた。前回店に来た時、蓮人の顔を見たのかもしれない。

「私は、あの、今から予定があって」

今日は保育園で知り合ったママ友が蓮人を預かってくれていて、今から迎えにいくのだ。

「だったら美月の都合に合わせてまた出直してもいいか？」

「ただいまー。まま、見てー」

その時、通りの向こうから蓮人の声が聞こえてきた。

慌てて顔を向けると、蓮人が一目散に走ってくる。

「蓮人？　え、どうしたの」

「綺麗な石、ままにあげるー」

蓮人は美月の身体にぶつかるように飛び込んでくると、手にしていた小石を差し出した。

「公園で見つけた」

「あ……ありがとう」

白く艶のある小石と蓮人を交互に見やりながら、美月は笑顔を向けた。

「公園で遊んだの？」

「そうなの。穂花《ほのか》が公園で遊びたいってうるさくて。れん君に付き合ってもらったの」

「早紀《さき》さん、今日はすみません」

蓮人に続いてやってきた女性に、美月は頭を下げる。今日蓮人を預かってもらった市川《いちかわ》早紀だ。彼女も美月と同じシングルマザーで、蓮人と同い年の女の子と小学生の男の子を育てている。

会社を経営していて忙しく、美月が彼女の子どもたちを預かることもあるが、来年再婚することが決まっていて今はとても幸せそうだ。

「ちょうどママのお仕事が終わる頃だから迎えに行こうってことになって来たんだけど。遠慮した方がよかった？」

早紀は控え目ながらも興味津々な視線を碧人に向ける。美月が男性と一緒にいることなど今までなかったので驚いているのだ。

「そんなこと、全然。えっと、この人は……わ、私の高校時代の先輩で――」

「さっく？」

「え？」

突然響いた大きな声に視線を下ろすと、蓮人が大きな目をさらに開いて碧人を見つめている。

「さっく？　まま、さっく？」

碧人から目を逸らさず、蓮人はうれしそうな声をあげる。

「えっと、そ、そうだね……さっく、だね」

美月はオロオロと口ごもる。

もしも碧人が店に現われたらと考えて蓮人を早紀に預けたが、まさかこうしてかち合うとは想定外だ。

「サックって？」

早紀が娘の穂花を抱き上げながら、きょとんとする。

小松で暮らしていても基地に興味がなくブルーインパルスについても知識ゼロだと言っていたからそれも当然だ。

「さっくは、ブルーで飛ぶの」

「ブルー？　ああ、いつも見てるブルーインパルスね」

なぜか誇らしげに話す蓮人に、早紀は納得する。

「だったら彼はブルーインパルスに乗ってる人？」

「うん。ね、まま」

「う、うん。そうだね……」

碧人の戸惑いを視界の隅で感じながら、美月は気まずげに答えた。蓮人の言葉を碧人がどう受け止めたのか、考えるだけで怖くて顔を見ることができない。

「そっか。れん君がブルーインパルスに夢中なのは、こういうことだったのね。だったら私はお邪魔みたいだからここで。じゃあ、れん君、明日保育園でね」

「早紀さんっ。邪魔じゃないです」

「いいのいいの。またねー」

早紀はわかっているとばかりにニヤリと笑いさっさと今来た道を戻り帰っていった。

蓮人を預かってもらったうえにここまで送り届けてもらったというのにお礼すら言えず、おまけに碧人のことを誤解されてしまった。

「美月、今の話って」

蓮人や早紀とのやり取りを見守っていた碧人が、ポツリとつぶやいた。

「すみません……えっと。彼女は蓮人の保育園のママ友で……あ、いえ」

どこまで蓮人について碧人に話すべきなのかわからず、言葉を濁した。

それにまだ、蓮人が碧人の子どもだと知られたわけじゃない。

「サックって、俺のことだよな。それにブルーインパルスをいつも見てるって、それって、まさか」

碧人は目を開き膝をつくと、まるでなにかを探し出すように蓮人の顔をまじまじと見つめた。

「あ、あの。実はブルーインパルスで活躍してる碧人先輩をＳＮＳとか雑誌で見ているから、蓮人、碧人先輩の顔を覚えていて」

「やっぱり、似てる。この間も思ったけど、俺の子どもの頃にそっくりなんだよ」

「違います」

美月は慌てて手を伸ばし蓮人を抱き寄せようとするが、蓮人はその手をすり抜け碧人の周りをぐるぐる走り回る。

「さっくっ。さっくがきたー」

蓮人は目の前に大好きなサックが現われて興奮しているのか、手を叩き飛び跳ねる。

「ブルーは？　キューピットは？」

「キューピットって、ハートの？」

碧人は戸惑いがちに美月を見上げる。

「はい……」

美月はぎこちなく頷いた。蓮人はブルーインパルスの課目の中でもキューピットが一番のお気に入りなのだ。

「蓮人くん……でいいのか？」

碧人の微かに震える声に、美月は一瞬息を止め迷ったものの、静かに頷いた。

「蓮人くん……ブルーインパルスが好きなのか？」

相変わらずテンション高めで落ち着かない蓮人に、碧人は硬い声で尋ねた。

「うんっ。好き。ままもブルーが好き」

はしゃぐ蓮人の声に碧人の表情がぐっと引き締まり、美月は軽く唇をかみしめる。

「そう。ママも好きなのか。でも、残念だけどサックは今ブルーインパルスには乗ってないんだよ」

「ない……？」

碧人の言葉が理解できないのか、蓮人は動きを止め小さく首をかしげた。

「今、サックは別の飛行機に乗ってるんだ。イーグルって知ってる？」

碧人は蓮人にゆっくりと説明する。けれどまだ三歳にもならない蓮人に理解できるわけもなく、きょとんとするばかり。

「やっぱり。碧人先輩、今はイーグルドライバーなんですね」

岡崎から話を聞いてその可能性は高いと考えていたが、やはりそうだった。

「やっぱりって、美月、俺のことを知っていた――」

「いーぐー。あるよ」

唐突に声をあげた蓮人に、美月は目を瞬かせる。

「れん君？」

「いーぐー、あっちにある」

蓮人はニッコリ笑いカフェを指差すと、そのまま美月が仕事を終えたばかりのカフェに向かって走り出した。運動神経抜群の蓮人は足も速くあっという間に遠ざかっていく。

「蓮人っ」

美月は慌てて蓮人の後を追った。背後から碧人が追いかけてくるのに気づいたが、それどころじゃない。まずは蓮人をつかまえるのが先決だ。

するとと美月よりも早くカフェに着いた蓮人は、ちょうど店を出る客がドアを開いたタイミングで店に飛び込んだ。

そしてレジ横の小机の前で足を止め、そこに飾られているイーグルの模型を慎重に手に取った。

「これ、いーぐー」

美月に続いて店に入ってきた碧人に、蓮人は自慢気に模型を差し出した。

「いーぐーって、そうか、イーグルのことか」

碧人は蓮人から模型を受け取り、美月に視線を向けた。

「イーグルってなかなか言えないみたいで」

美月はためらいながらもそう答え、苦笑する。

「いーぐー、飛んでる？」

蓮人は目を輝かせ碧人に問いかける。

碧人がイーグルドライバーだと理解しているとは思えないが、最近知ったイーグルという言葉を碧人と共有できるのがうれしいのかもしれない。

碧人は笑い、膝をついて蓮人と目を合わせた。

「飛ぶよ。明日もイーグルで飛ぶ予定だ」

「いーぐー、かっこいい。ブルーも好き」

碧人の言葉をわかっているのかいないのか、とにかくイーグルという響きに反応し、蓮人は楽しそうに飛び跳ねる。

航空祭の前後で何度もイーグルという言葉を耳にして、ブルーだけでなくイーグルにも興味津々なのだ。

「そうか……蓮人君はブルーもイーグルも好きなのか」

碧人は感慨深げにそうつぶやくと、思いつめた目を蓮人に向け、ひと目で震えているとわかる手をゆっくりと蓮人の頬に伸ばした。

その切なそうな横顔に美月が息をのんだ時。

「悪い」

岡崎が現われ、碧人は動きを止めた。

「ここはお客さんの出入りがあるから、話をするなら奥の席でしたらどうだ？」

「すみません。でも、私たちはすぐに帰りますから――」

「さっく、こっち、こっちー」

「え、れん君？」

岡崎の言葉を理解したのか、蓮人は美月のことなどおかまいなしに碧人の手を引くと、さっさと店の奥の席へと向かっていった。いつも美月の仕事が終わるのを待っている席だ。

碧人は困り顔で美月を振り返るが、抵抗することなく蓮人について行った。

「有坂？　彼ってこの間の」

岡崎の心配そうな声に、美月は我に返り笑顔をつくる。

「そうなんです。えっと……高校時代の先輩で。偶然そこで会って」

「高校時代の？」

「はい。……先輩です」

嘘は言っていない。ただ肝心なことを飛ばしているだけ。

「岡崎さん？」

黙り込んだ岡崎を、美月は蓮人たちを気にかけながらチラリと見る。

「いや。あの奥の席なら込み入った話も大丈夫だろ……それにれん君も慣れてるから」

「すみません。でも、すぐに帰ります」

この思いもよらない展開にどう応えればいいのかも、碧人となにを話せばいいのかもわからない。

「コーヒーでいいか？　あと……なにかあったら声をかけてくれ」

「ありがとうございます」

自分事のように深刻な表情を浮かべる岡崎に申し訳なく思いながら、美月は蓮人と碧人が待つテーブルへと足を向けた。

トクトクと大きな音を立てる心臓の音を、意識しながら。

「仕事終わりに申し訳ない。疲れてるよな」

テーブルについた美月に、碧人が向かいの席から声をかける。ぎこちなさが滲む声。緊張しているのがわかる。

「大丈夫です。それより、あの。ここにはどうして」

そう尋ねたものの、理由はわかっている。この間ここで美月を見かけて気になっていたのだろう。蓮人の存在にも気づいていれば、なおさらだ。

蓮人は美月の隣でブルーインパルスが特集されているお気に入りの雑誌を眺め、ニコニコしている。

「あ、あの……？」

碧人の強い眼差しに、美月は視線を泳がせた。

「ごめん。美月が目の前にいるのが信じられないんだ。現実なのか、正直混乱してる」

碧人は美月から目を逸らさずかみしめるようにつぶやいた。

美月も同じ気持ちだ。

あの日碧人がカフェに訪れた日から今日まで、碧人が来ても顔を合わせたくなくてバックヤードにいることが多かったが、心の中では碧人が来るのを待っていた。

けれど結局碧人は現われず、蓮人との日常が変わりなく続いた。

あの日碧人が来たのは夢の中の出来事だったのかもしれない。それとも碧人に会いたいという美月の願望が見せた幻だったのだろうか。

そう思わずにはいられなかった。

今もまだこれが現実だと完全には信じられず、もしも夢なら醒めないでほしいと心の中で繰り返している。

「あーっ」

蓮人の大きな声に顔を向けると、眺めていた雑誌がテーブルの下に落ちていた。

すると碧人が素早くそれを拾い上げ、蓮人の手元に置いた。

「結構、読み込んでるんだな」

碧人は驚きつつも照れくさそうに笑い、蓮人が小さな手でページをめくるのを見ている。

「蓮人が気に入っていて。それに子どもだから綺麗なままってわけにはいかなくて」

雑誌は蓮人が何度も読み返しているせいで、かなり傷んでいる。おまけに今みたいに落としたり踏んだりして、全体的に皺も多く破れているページもある。

今も開いたページの半分が破れ、お茶が零れた名残のシミも目立っている。

「これ、さっく」

蓮人は碧人のラストフライトの時の写真をうれしそうに指差した。

上空での飛行演技はもちろん、降機した碧人が他の隊員たちとホッとした様子で笑い合っている姿。そして花束を贈られている写真も載っている。

美月はその写真を目にした途端、これは夢でなく現実だと理解する。

碧人には人生の節目となる大切な日に花束を贈ってくれる、特別な人がいるのだ。満ち足りた笑顔でハグし合う、素敵な関係の女性が。きっと、恋人か妻。

蓮人の手に結婚指輪はないが、仕事柄身に着けられないのかもしれない。どちらにしても碧人は今、美月以外の人と美月には手の届かない場所で生きている。

それが碧人の、そして美月が受け入れるべき現実だ。

「お待たせしました」

会話が途切れたタイミングで、岡崎が飲み物を運んできた。

「コーヒーですが、よかったらどうぞ」

岡崎は碧人の手元にコーヒーを置き、美月の前にコーヒーとホットミルクを並べた。

「れん君が好きなはちみつを少し入れておいた。ぬるめだから、すぐに飲んで大丈夫」

「ありがとうございます。気を遣ってもらってすみません」

「いいんだ。それよりもしもなにかあれば、すぐに声をかけてくれ」

チラチラと碧人を気にかけ、岡崎は言葉を続ける。

「ありがとうございます」

前回といい今日といい、岡崎には碧人のことで迷惑をかけてばかりだ。ただでさえ蓮人のことで色々と配慮してもらっているのに、申し訳ない。

「あの、蓮人のことといいいつもすみません。でも、大丈夫です」

美月は椅子に腰かけたまま、頭を下げた。

「なに遠慮してるんだよ。気にしなくていい」

岡崎は肩をすくめた。

「れん君なら大歓迎。毎日でも一緒にいたいくらいかわいい。……いや」

「岡崎さん？」

「なんでもない」

岡崎は視線を泳がせ蓮人の頭を優しくなでた後、碧人に向き合い軽く頭を下げた。

「……じゃあ、ごゆっくり」

どこか含みのある声に、美月は首をかしげた。

よほど碧人とのことを心配しているのかもしれない。

「今の人って？」

厨房に戻る岡崎を目で追いながら、碧人が問いかける。

「店長の岡崎さんです。どうかしましたか？」

「いや。ただ、仲が良いんだなと思って。もしかして彼って美月の――」

「上司です」

「上司？」

美月はコクリと頷いた。

「岡崎さんはもともと入社した時の教育担当なんです。偶然ふたりともここに異動してきて。蓮人のことも可愛がってくれるのでありがたいです」

蓮人に関しては、バイトのみんなも可愛がり甘やかしてくれるので、感謝している。

「入社以来……か、長い付き合いだな」

碧人が淡々とつぶやいた。

「十年以上になりますね。岡崎さんはここ以外にもいくつか店を任されているやり手なんです。色々勉強させてもらってます」

「そうか」

碧人はわずかに眉を寄せた。

「碧人先輩？」

「いや……。だったら彼と美月は……え、ありさかれんと？」

「え？」

美月は碧人の視線を追った。

「蓮人君の名字、有坂なのか？」

碧人は蓮人の手元にある小ぶりのタオルに刺繍された〝ありさかれんと〟いう文字をまじまじと見つめている。

「はい。そうですけど、それがなにか……あっ」

美月は碧人の言葉の意味を察し、慌てて首を横に振る。

「結婚は……していないんだな？」

それを確信しているとでもいうような碧人の落ち着いた声に、美月は視線を逸らした。これでは肯定したも同然だ。

今さら遅いが蓮人の名字が有坂だと知られた時点で、離婚をしたとでも言ってごまかせばよかった。

「じゃあ、蓮人君の父親って」

「それは、あの」

正直に答えるわけにはいかず、美月は言い淀む。

「美月」

碧人は表情を引きしめ美月を見据えた。

「蓮人君の父親は、俺じゃないか？」

「それは……違います」

碧人の厳しい表情にひるみそうになるが、頷くことはできない。

「じゃあ、蓮人君の父親は誰……悪い。話したくないなら仕方がないよな」

「いえ……」

美月と蓮人を見かけてから今日まで、悶々とした時間を過ごしていたのだろう。

碧人は疲れた表情を浮かべ、コーヒーを口に運ぶ。

「ごめんなさい」

美月は力なく答え、うつむいた。

事実を伝えれば、美月がイギリス赴任をあきらめたことも知られてしまう。自分の責任だと苦しむに違いない碧人に、蓮人のことは打ち明けられない。

だからごまかすしかないのだ。

「だったら、もう一度聞いていいか？」

美月は顔を上げた。

「結婚は、していないってことだよな」

碧人はそう言って、蓮人のタオルに視線を向けた。

「ありさかれんと。そういうことでいいんだよな」

「……はい。結婚はしてません」

ここで働いていると知られた以上、嘘をついてもいずればれる。美月は仕方なく答えた。

「そうか……よかった」

碧人はホッと息をつき美月と蓮人を見つめる。

「よかった？」

美月は首をかしげた。

「結婚していないなら、この先問題なく美月に会えるからな」

「え、私と、会う？」

美月は目を丸くする。

「でも、それは」

美月は言葉に困り、蓮人が眺めている雑誌をチラリと見やる。ちょうど開いている
ページには、花束を受け取り朗らかに笑う碧人と、傍らに寄り添う綺麗な女性。

目に入るたびその親しげな距離感に胸が痛くなる。

「あの。たしかに私は結婚してませんけど……でも、碧人先輩はこの方と――」

「俺にチャンスをくれないか？」

「チャンス？ なんの話……？」

話を遮られ、美月は気が抜けたように答えた。

勇気を出してこの女性のことを尋ねようとしたが、間が悪すぎる。

碧人は椅子の上で背筋を伸ばし、美月にまっすぐ向き合った。

「三年前に言いたかった。美月と再会できたのに、あっさりまた手放したこと、後悔してたんだ。……違う。高校の時、美月が言いたくもないことを無理に言っているとわかっていて手放したこと、後悔してた」

「でも、それは、碧人先輩のせいじゃなくて」

「わかってる」

碧人は語気を強めた。

「あの時は、そうするしかなかった。まだ高校生だった俺が、進路を変えて美月の側にいることがベストだったとは、思わない。だけど、三年前に再会できた時なら、美月とやり直せたはずなんだ」

「でもあの時はなにもそんなこと言ってなかった……」

美月は目を瞬かせた。思いがけない言葉が続いて、どう受け止めればいいのかわからない。

「怖かったんだ」

「怖い？」

「俺のせいでバレエダンサーになる夢をあきらめて、ようやく次の夢を見つけてイギリスに行くのを楽しみにしてるのに、俺の気持ちを押しつけてまた台無しにするのが怖かったんだ。余計なことは忘れて夢を叶えることを楽しんでほしかった」

碧人は自嘲気味にそう言って、肩を落とした。

「だからあの時、もう一度手放した。ああ、違うな。三年前、美月は俺のものじゃなかった。それでも少しでも一緒にいたくて、あの日美月を抱かずにはいられなかった」

「碧人先輩……」

三年前、離れたくないと思っていたのは自分だけではなかった。

初めて知る碧人の思い。どう受け止めればいいのだろう。

「だから、もう一度チャンスが欲しい。また再会できたんだ、二度と美月を手放したくない。だから、これからも俺と会ってもらえないか？」

「それは……」

もちろん会いたい。けれど罪悪感から会いたいと言っているのなら、それは受け入れられない。それこそ高校時代にあれだけの思いをして別れた時に流した涙が無駄になる。

「もちろん蓮人君も一緒でかまわない」

「でも……」

それも気がかりで、安易に答えられないのだ。会えば蓮人が碧人の子どもだと知られるかもしれない。

勘がいい碧人のことだ、それは時間の問題。そしてまた、自分のせいだと苦しんで――。

やっぱり会わない方がいい。

美月は胸に広がる迷いに蓋をした。

「さっく？」

自分の名前を呼ばれたことに気づいたのか、蓮人が眺めていた絵本から顔を上げた。

「あ、ああ。どうした？」

途端に表情をほころばせ、碧人は蓮人に笑顔を向けた。

「さっく、一緒にご飯食べる？」

蓮人は身を乗り出し、期待に満ちた声で問いかけた。

「ご飯、一緒に食べていいのか？」

蓮人にそう答えつつも、碧人の視線が一瞬自分に向けられた気がして、美月は動きを止めた。

「いいよっ。ままの混ぜ混ぜご飯、おいしいからさっくにあげる」

「れん君っ。それは……ま、また今度にしよう」

美月は慌てて蓮人に声をかけた。

「混ぜ混ぜご飯？」

「……炊き込みご飯のことです。両親が昔からそう言ってるので、私もそのまま」

美月は気まずげに答えた。成長して炊き込みご飯というのが主流だと知って驚いた。

「まま、さっくと混ぜ混ぜご飯食べたい」

「それは、今日は、ちょっと難しいかな」

期待している蓮人には申し訳ないが、いきなり碧人を自宅に招くなど考えられない。

「えー。食べたい」

「蓮人……」

「ママの混ぜ混ぜご飯には負けるかもしれないが」

碧人はおもむろに口を開き、蓮人にニヤリと笑って見せた。

「おいしいオムライスは食べたくないか？」

「食べるっ。オムライス好き」

蓮人は声をあげ両足をバタバタさせる。

「じゃあ、今日はオムライス。おいしいお店に一緒に行こう。ママの混ぜ混ぜご飯はまた今度一緒に食べよう」

「うん、ぜーったいに一緒に食べる。約束？」

蓮人は目を輝かせ、碧人に問いかける。

「もちろん、約束」

碧人は力強い声で答えると、意味ありげな視線を美月に向けた。

まるで次に会う約束を取り付けるような眼差しに、美月は肩を落とす。

「まま、混ぜ混ぜご飯つくって」

期待いっぱいの蓮人の笑顔。断れるわけがない。

「……わかった。そのうちに」

美月はあきらめ交じりの声で答えた。

「ありがとう。楽しみにしてる」

してやったりとばかりの笑顔を見せる碧人には、苦笑するしかない。

結局これからも碧人に会うことになりそうだ。

蓮人の手元に置かれた雑誌に視線を向けながら、美月はまだ解決していない不安にそっとため息を吐き出した。


「ペーパーの補充も終わったし、ベーグルも揃ってる。完了」

美月は開店前の準備がひととおり終わったのを確認し、タブレットにチェックを入れた。

店内の掃除や備品のチェック、食材の確認という朝のルーティンを終え、ようやくひと息つく。

午前六時。開店まであと一時間。これから厨房でモーニングの準備を手伝う予定だ。月に何度か回ってくる早朝担当。今日はアルバイト四人と岡崎と一緒だ。

「有坂、悪い、こっち手伝ってくれるか？」

「わかりました」

厨房から出てきた岡崎に声をかけられ、美月はあとに続いて二階の倉庫に向かった。普段使わない季節ごとの装飾用品などが保管されている倉庫はかなり広く、開口も大きく取られていて明るい。

今も朝日がたっぷり入ってきて眩しいほどだ。

「毎年本社からどっと送られてきて、準備が大変なんだ。まあ、子どもたちが喜ぶと思えばあっという間だけどな」

「お菓子ですか？　あ、ハロウィンの？」

美月は倉庫の真ん中のテーブルに積まれているお菓子の山に声をあげた。

床にも十箱以上の段ボールが積まれていて、なじみのお菓子のロゴが目に入る。

会社が扱う外国のお菓子の段ボールも別に用意されていて、圧巻の量だ。

「ハロウィンの当日に配るんですか？」

岡崎は苦笑し、肩をすくめる。

「この量だぞ。当日だけじゃ間に合わない。今週の子ども食堂から持って帰ってもらうんだ」

「なるほど」

たしかに一日だけではすべて配り終えるのは難しそうな量だ。

地域の情報収集のアンテナとしての役割を担うためにカフェ事業が始まったと聞いているが、今ではそれよりも会社のイメージアップも兼ねた社会貢献事業の役割の方が重視されるようになっている。

テーブルにはラッピング用の材料もたっぷり用意されていて、本社の本気を感じた。

「全国のカフェにこれが？」

「そう。全国のカフェにこれが」

岡崎は面白がるようにそう言って、段ボールの開梱を始めた。

「手伝います」

「悪いな。毎日手が空いたメンバーで準備するんだ。開店まで頼む」

「わかりました」

美月は岡崎が開いた段ボールから中身を取り出しテーブルに並べていく。

子ども食堂には毎回子どもだけでなく大人たちもやって来る。

佐々木たち常連も大勢やって来ては賑やかな時間を過ごす、子ども食堂というよりも週に一度の癒やしの時間だ。

「みんな楽しみにしてますよね、きっと。あ、これ、蓮人が好きなんです。喜びそう」

蓮人の好物のビスケットを発見し、美月は表情をほころばせた。

小さな手でも掴みやすいようデザインされていて、碧人も一歳の頃から握りしめていた。

「蓮人、最近よく食べるんですよね。背も伸びてるし……そういえば、この間はアメリカンドッグ、すごく喜んでました。おいしくて、私も一緒に食べちゃいました」

前回の子ども食堂の時に、岡崎がバイトのメンバーと一緒にアメリカンドッグを作り子どもたち限定で配ってくれたのだ。

蓮人は初めての味に大興奮。あっという間に完食していた。

「そう言われたら、また用意したくなるだろ」

まんざらでもなさそうに、岡崎は笑う。

「それに日曜日もはちみつミルク、喜んでました」

碧人と店の奥で話をしていた時に岡崎が用意してくれたはちみつ入りのミルクは蓮人の一番大好きな飲み物。

小さじ一杯もない少量のはちみつがポイントで、ほんのりの甘さが蓮人の好み。

そのことを把握している岡崎は、蓮人が店に来るといつもタイミングよく用意してくれる。

親子揃って岡崎には世話になってばかり。感謝しかない。

「日曜日の男性、高校の先輩って言ってたな。なにか事情でもあるのか？」

「え、あ、あの」

直球過ぎる岡崎の問いに、美月は言葉を詰まらせた。

見ると岡崎は淡々と開梱作業を進めている。

「事情は……なにも」

岡崎に背を向け、美月はお菓子を並べ始める。

これからも碧人と会うことになりそうなことを考えれば事情を話すべきかも知れないが、どう切り出せばいいのかわからない。

「れん君の父親じゃないのか？」

「どうして、それが……？」

再びズバリと直球を投げ込まれてしまった。

おずおずと振り返ると、岡崎が段ボールを抱えて美月の傍らにやってきた。

「あれだけれん君にそっくりなら、誰でもそう思う。有坂たちが帰った後、バイトたちも盛り上がってたし」

「そうなんですか？」

誰もそんな素振りはしていなかったが、気を遣っているのかもしれない。

「でも、そうですよね……そっくりだから。すぐに親子だとわかりますよね」

日曜日もふたりが並ぶと親子にしか見えなくて、正直碧人をごまかせるのかひやひやした。

「あ、あの、でも」

美月はハッとし、岡崎の腕を掴んだ。

「碧人さんには蓮人のことを伝えてなくて。だからもしまた彼が来ても言わないでほしいんです」

岡崎の優しさについ気が緩んだのか、ポロリと打ち明けてしまった。

碧人にでさえ蓮人のことを打ち明けていないのに、どうかしている。

「すみません……面倒な話をしてしまって」

美月は手にしていたお菓子をテーブルに置きがっくり肩を落とした。

「いや、それはいいけど。なんだよ、じゃあ、彼はなにも知らないのか？」

「……はい。伝えてません」

美月はうつむき答えた。

蓮人の父親について打ち明けるのは、岡崎が初めてだ。家族にさえどれだけ追及されても話していない。

それなのに他人の岡崎につい口を滑らせてしまった。

聞かされても重荷になるだけの話、岡崎には本当に申し訳ない。

「忘れてください。この先どうなるのかわからないし、蓮人に話すつもりもないので」

「どうして？　悪い男には見えなかったけど、まさか暴力――」

「違いますっ。そうじゃないんです。悪いのは私で、碧人さんは悪くないんです」

とっさに出た大声に、美月はハッと息を止める。

「すみません……」

「俺のことはいい。それより有坂はそれでいいのか？　このまま一生れん君に伝えないつもりか？」

「そのつもりです」

「といっても、あれだけ似てるんだ。いずればれるぞ」

岡崎は落ち着いた声でそう言うと、美月を椅子に座らせた。

「それは私も覚悟してます。ばれるのも時間の問題かなと。でも、彼にこれ以上罪悪感を抱えてほしくなくて」

美月は大きくため息を吐いた。

「罪悪感？」

美月の傍らに立ち、岡崎は首をかしげる。

「それは……いえ、いいんです。なんでもなくて」

これ以上岡崎の優しさに甘えるわけにはいかない。

「蓮人は私の子ども。それでいいんです」

もともとひとりで育てるつもりでこれまでやってきたのだ。

碧人を罪悪感で苦しめないためにも、この先もなにも伝えないままの方がいい。

「だったら、そこに俺を加えてもらえないか？」

「……え？」

「俺は、れん君の父親になれないか？」

「父親、ですか？　それってどういう……？」

さっぱり意味がわからない。美月は岡崎を見上げ、眉を寄せた。

普段見慣れない岡崎の厳しい表情に、ドキリとする。

「有坂のことが、好きなんだ」

「えっ？」

美月はとっさに立ち上がり、両手で口を塞いだ。

椅子が勢いよく倒れた音が響くがそれどころではない。

「俺と結婚しないか？　れん君のことも大切にする」

「冗談……ですよね。だって今まで全然そんな話、してなかった」

「れん君ともう少し仲良くなってからと思って言わなかっただけで、有坂がここに来てからずっと考えてた」

美月との距離を詰め、岡崎は淡々と告げる。表情は相変わらず厳しいままで、冗談を言っているようには思えない。

「そんな……」

「れん君のことを話せないような男なら、忘れろ。俺がふたりを大切にする」

「でも私は――」

美月は岡崎から距離を取るように後ずさるが、背中がテーブルにぶつかり焦る。

「まだ彼のことが好きなのか？　有坂がイギリス赴任をあきらめて、ひとりでれん君を産んで苦労してきたことも知らずにいるような男だろ？」

岡崎はさらに美月に身体を寄せる。

「それは、私が決めたことで——」

「俺にしろ。俺が有坂を幸せにするから、結婚しよう」

「ごめんなさい。できません」

美月はひと息にそう言って、深々と頭を下げた。

岡崎の気持ちはありがたいが、その気持ちには応えられない。

岡崎の人柄も仕事ぶりもよく知っていて、尊敬もしている。それに蓮人も懐いている。それでも受け入れることはできない。

「私、碧人先輩のことを、忘れていないみたいで。だから……」

「わかった」

大きなため息とともに、岡崎はひと言つぶやいた。

「岡崎さん……ごめんなさい。でも、ありがとうございます」

岡崎が美月と蓮人を気遣い大切にしてくれているのは十分わかっている。

それでも、やっぱり……。

「謝らなくていい。有坂の気持ちを理解したってだけで、ここであっさり引くつもりもあきらめるつもりもない」

「え……？　あ、あの」

押しの強い声音に、美月はたじろいだ。

自身の考えよりも相手の思いや声に耳を傾け優先する、いつもの岡崎とはまるで違っている。

「今聞いた限りじゃ、有坂が彼との未来に期待してるとは思えない。遠慮だらけじゃないのか？」

「それは……」

間を置かず、岡崎は淡々と畳みかける。美月は固い意志が滲むその眼差しから目が逸らせない。

「だったら俺に、有坂とれん君の未来を任せてほしい」

「でも、私は碧人先輩のことを忘れてなくて」

続く岡崎の言葉の合間、美月はどうにか口を挟んだ。

「忘れなくていい。忘れられるとも思ってない。俺はただ、それでも有坂のことが好きで、ふたりを幸せにしたい。それだけだ」

「それは……」

美月は言葉を失い岡崎を見つめた。微塵の迷いもない言葉が胸に響く。

もちろん碧人を忘れられないまま岡崎の気持ちに応えることはできないが、これほど真摯な思いをまっすぐ伝えられて、簡単にやり過ごすこともできない。

「そんな顔、するなよ」

岡崎はふっと表情を緩め、肩をすくめた。

「今ここに誰か来たら、パワハラ上司って思われる。まあ、今の流れはそれに近いといえば近いよな」

「パワハラって、そんなこと、全然思ってません」

これまでと一変した岡崎の軽い声に、美月もそっと肩の力を抜いた。

「あきらめるつもりはないと言っても、どう見てもれん君にそっくりの男が現われて慌てた。出遅れた俺の戦略ミスだな」

岡崎は大袈裟に顔をしかめてくっくと笑い声をあげた。

美月をこれ以上困らせないよう気を遣っているのがわかる。新入社員の時からの付き合いだ、岡崎の優しさなら誰より知っている。

イギリス赴任が決まった時には誰よりも喜んでくれ、妊娠して辞退を決めた時にもまっ先に美月の体調と心を気遣ってくれた。

そして小松に来てからも、美月が気持ちよく仕事と子育てに向き合えるように心を配ってくれた、恩人とでもいえる大切な存在だ。

なのに碧人のことしか考えられない。

彼には大切な人がいるはずで、蓮人のことも話せないというのに。

「岡崎さん、私――」

「なにも言わなくていい。というより戦略を立て直すから時間をくれ」

「た、立て直すって……でも」

岡崎の凜とした瞳に、美月は口ごもる。

「困らせるつもりはないが、戦略を立て直す参考に聞かせてもらえないか？」

「参考って、あの？」

岡崎に押し切られるように話が進み、美月は焦る。

「れん君の父親とは、また会うのか？」

「それは、多分……」

サラリと投げかけられた問いに、美月は反射的に答えた。

「あ、会うとは思いますけど……」

といっても結婚しているかもしれない碧人との縁が、この先いつまで続くのかはわからない。

「なんだよ、それも自信がないのか。……いったい彼となにがあったんだ？」

岡崎は呆れたようにつぶやいた。

「俺に話してみないか？ ここまで俺にばれたんだ、全部話してスッキリしろ。俺には聞く権利があると思わないか？」

「それは、でも、だって、私」

美月は困り顔で首を横に振る。

岡崎の気持ちを知った今、碧人のことを話せるわけがない。

「俺のことは気にしなくていい。それに言っただろ、あっさり引くつもりもあきらめるつもりもない。何年も有坂を見ていて、今さらなにを聞いてもどうってことない」

「岡崎さん……」

気安く話を続ける岡崎の真意はよくわからない。

けれどこんな時でさえ、美月への気遣いを優先する優しさにはぐっとくる。

「第一、そんなどんよりした顔で店に出てほしくない。これは店長命令だ」

「店長命令……」

「いいから話してみろ」

岡崎は美月を椅子に座らせると、隣にもうひとつ並べ、勢いよく腰を下ろした。

「有坂が新入社員の時からなんでも聞いてきただろ」

「それとこれとは違います」

「違わない。俺にとって有坂は大切な部下でもあるんだ、部下の事情を把握しておくことも上司の仕事のひとつ。この先もしも彼が店に来た時、事情を知っている人間がひとりくらいいる方が、有坂も心強いだろ？」

「それはそうかもしれませんけど」

岡崎の底なしの思いやりと気遣いに、胸がいっぱいになる。

「で？　れん君の父親って、小松基地にいるのか？」

普段から聞き上手な岡崎のホッとする表情と声。

「そうです」

美月は一度息を吐き出し気持ちを整えた。

岡崎が真摯に気持ちを伝えてくれたのだ、自分も曖昧に濁さず話した方がいい。

それが岡崎への礼儀だ。

「碧人先輩は、小松基地にいて、イーグルドライバーで――」

やがて岡崎の優しさに甘え、ぽつぽつと話し始めた。

第三章 想定外のプロポーズ

早朝、基地に向かう準備を終えた碧人は、数日前に松島基地から小松基地に届いた白い長封筒を開封した。

差出人は木島忍《きじましのぶ》。航空機の写真を得意とする、出版社勤務のカメラマンだ。腕は確かで、最近も彼女が手がけた大手航空会社の広告写真が名誉ある賞を受賞したと聞いている。

碧人がブルーインパルスに乗機している三年間も、航空祭をはじめとするイベントはもちろん、日常訓練にも顔を出してはカメラを向けていた。

ラストフライトの時には前日から基地を訪れ、碧人の人生の節目を熱心に記録していた。

「これか……」

長封筒から出てきたのは、ブルーインパルスの一年間のフライト記録を掲載した雑誌の特別号。

全国での展示飛行の様子に加えて隊員や整備員の紹介記事もたっぷりで、ファンにはたまらない構成になっている。

碧人のラストフライトの記事もかなりのページ数を割かれていて、事前に受けたインタビューも見開き四ページにわたって掲載されていた。

記事を確認した広報からあらかじめ聞いていたが、思っていた以上のラストフライトを中心とした構成内容に、碧人はため息を吐く。

木島はカメラマンとしての自身のポジションを自覚していて、編集にも強気の意見を挟むと耳にしたことがあるが、これを見れば納得せざるを得ない。ラストフライトは年に一度以上は必ずある日常で、ここまで大袈裟に扱われる必要はない。

この記事の構成には木島の個人的な感情が反映されているとしか思えない。

碧人は雑誌を閉じ、無造作にテーブルの上に置く。

木島がドルフィンライダーである碧人に特別な感情を抱いていて、レンズ越しにその思いを送ってきていることには気づいていた。

だからといって碧人にはどうすることもできなかったが。

ブルーインパルスは航空自衛隊の広報の役割を担っていて、全国の空を飛んでいる。それはやりがい溢れる幸せな任務で、一生の誇りだと思える時間だった。

ただ任期中はＨＰに紹介写真がアップされるだけでなくあらゆる媒体から取材を受ける機会があり、そのたび緊張していた。

けれどブルーインパルスから離れた今、こうして雑誌などに載るのはきっとこれが最後。木島と顔を合わせる機会もないはずだ。

ホッとした途端、ドルフィンライダーとしての任務を無事に終えた日の安堵感が蘇ってきた。

事故なく怪我なくどこも故障せずの三年間。無事に責任を果たせたことが、心底うれしかった。仲間に迷惑をかけることなく夢をまっとうできた幸せで胸が熱くなるのをどうすることもできなかった。

その感情が溢れ出ている写真が、一枚あった。

家族からの花束贈呈の時の写真だ。

結婚していれば基地に招かれた妻や子どもから花束を贈られるが、独身の碧人は両親から受け取るはずだった。

けれど母親がぎっくり腰で来られなくなり、仙台《せんだい》で暮らす従姉妹が急遽引き受けてくれた。二歳年上の従姉妹とは子どもの頃から交流があり、碧人にとっては姉のような存在。松島にいる間、何度も彼女の自宅を訪れ彼女の夫やふたりの子どもたちと楽しい時間を過ごしていた。

花束を手渡された時、彼女たちの温かいサポートを思い出して胸が熱くなったのはたしかだが、同時に美月の顔も浮かんできてどうしようもなく切なかった。

三年前に再会した時、それ以前に高校生の時に、美月をどうにか説得して付き合いを続けていれば、今目の前にいるのは美月だったかもしれない。

わざわざ駆けつけてくれた従姉妹には申し訳ないと思いつつ、花束を受け取りながら、そう思わずにはいられなかった。

けれど美月の気持ちを考えた時、やはりあの時は別れるしかなかったと同じ答えにたどり着く。

翌月に控えていたコンクールで優勝すればイギリス留学への道が開け、夢に限りなく近づくというタイミングで負った脚の怪我。美月の夢は一瞬で消えてしまった。

その原因は碧人でしかなく、防衛大学校への入校が決まっていたがそれは二の次。

美月の人生を支えるために側にいるべきだと考えた。

なのに、美月は自分の状況よりも碧人の将来をまっ先に気にかけていた。

『碧人先輩と付き合ってなかったら、バレエを続けられたはずなのに。もう二度と会わない』

あえて心にもない言葉を口にして突き放し、碧人を解放しようとしたのだ。青ざめた顔と震える声。美月が相当の覚悟で別れを切り出したことはひと目でわかった。

どれほどの思いで会いたくないと言ったのか、想像するだけで今も胸が痛む。

もちろん別れたくないと説得することも考えたが、顔を合わせるたびに夢をあきらめたことを思い出して苦しむはずだ。

美月がどれほどの努力を続けていたのかを知っているだけに、説得する気にはどうしてもなれなかった。

美月を守れず彼女の夢をぶち壊した自分に側にいる資格はない。

そう考えて、美月が苦しみながら口にした別れを受け入れ、自分からは連絡を取らないと決めたのだ。

その後高校を卒業し防衛大学校に入校。ブルーインパルスの一員となり空を飛ぶと決め邁進してきた。

戦闘機パイロットの免許を得てからは、その夢を叶えるために訓練に励み、飛行技術を磨き続けた。そしていよいよドルフィンライダーとしての時間が始まった時には、もしかしたら自分の姿が美月の目に留まるかもしれないという期待が胸に溢れた。

もともとドルフィンライダーになりたいという夢は強かったが、いざ現実になった時には自分のことを美月に気づいてほしいという気持ちの方が強かった。

苦手な写真撮影や取材に応じていたのは、任務というよりも美月に見てほしかったから。

自分から連絡を取るつもりはなく美月から連絡があるとも思わなかったが、彼女のおかげで夢を叶え空を飛んでいる。

そのことを美月に知ってほしくて取材にも積極的に応じていたのだ。

松島基地から小松基地に転属してから半年。

碧人はF—15戦闘機パイロット、通称イーグルドライバーとして緊張感を抱えた日々を送っている。

小松基地は戦闘機部隊が所在する基地の中でも日本海側に置かれた唯一の基地。間に日本海を挟んで外国と近距離にあることから対領空侵犯措置の任務を与えられていて、国籍不明機の警戒に当たっている。

島国である日本は四面が海に囲まれていて、外敵の脅威から守り続ける体制が不可欠だ。

国民の命や財産を守るために、二十四時間警戒を続けている。

〝確実に速く〟

日々の訓練や実践の中で、碧人が何度となく自身に言い聞かせるフレーズだ。

外敵の脅威がある場合、できるだけ速く、且つ陸地から離れた場所でそれを抑える必要がある。

その役割を唯一果たせるのが戦闘機。

〝確実に速く〟国民の命と財産を守る。

それは戦闘機パイロットにとっての要となる言葉だと認識し、碧人は日々の任務に向き合っている。

「は？　〝乗り物図鑑〟？」

頭上から聞こえた声に顔を上げると、同僚隊員の榎本《えのもと》が肩を揺らし笑っていた。

「なんだよ、戦闘機に飽きて別のハンドルでも握るつもりか？」

榎本は碧人の手元に置かれた図鑑を手に取り、ペラペラとめくる。そして途端に眉を寄せた。

「破れてもテープで補修するほど読んでるって、マジで転職するのか？」

「違うよ。おい、乱暴に触るなよ」

碧人は読んでいた英会話のテキストを閉じ、榎本から乗り物図鑑を取り上げた。

それはこの間蓮人から手渡された図鑑で、表紙には落書きや折れが目立ち、補修を繰り返したページがかなりある。

ブルーインパルスが特集された雑誌と並ぶ、蓮人のお気に入りらしい。

保育園にも持ち込むほど夢中で、何度も見返しているというのも納得の劣化具合だ。

「俺の息子も小さい頃はこういうの、読んでたな。今じゃ野球に夢中で選手名鑑を楽しそうに読んでるよ。昔はブルーインパルスを見て大騒ぎしてたのにな」

榎本には自宅一階で洋食屋を営む妻と小学生の息子がいて、普段から家族愛に溢れている。とくに妻のことは恋女房だと真顔で口にするほど溺愛している。

「戦闘機にも興味なし。お父さんは寂しいもんだよ」

「拗ねるなよ」

大袈裟に顔をしかめる榎本に、碧人は苦笑する。

榎本とは防衛大学校時代からの仲で、イーグルドライバーとして任務に就いたのも同じ時期。

当初、榎本は百里《ひゃくり》基地に配属されたが、碧人がブルーインパルスに乗り始めた頃に入れ替わりで小松に異動してきた。

現在は同じ部隊でF―15戦闘機に乗機し日本の空を守っている。

今もアラート待機室で、揃って対領空侵犯措置令が発せられた時に備えている。領空侵犯が確認されると基地内にはアラートが鳴り響き、待機室横のハンガーに飛び込み実弾を装填してある戦闘機で五分以内にスクランブル発進しなければならない。二十四時間いつ鳴るかわからないアラートに備え、常に緊張感を保ちながら発進準備をするのは難しい。

心身の疲弊を防ぐためにはほどよい緩和が必要で、碧人はたいてい本を読んだり英会話や任務に必要な資格の勉強をしたりしながらリラックスするよう心がけている。

「それにしても珍しいな。なんでいきなり乗り物図鑑？」

榎本は長机で本を広げていた碧人の隣に腰を下ろした。

「たまにはいいだろ」

碧人は図鑑を眺めつつ、頬を緩めた。

昨日、美月と蓮人と三人でオムライスを食べている時に蓮人から手渡された図鑑だ。自宅までふたりを送り届けた時に蓮人に返そうとしたが「どうぞ」と言って聞かず、結局持ち帰ることにした。

蓮人が美月とふたりで何度も読み返した名残が満載の図鑑は、碧人が知らないこの三年近くを伝えてくれるようで愛おしく、何度も読み返した。

次第に碧人を守ってくれるお守りのような感覚が生まれて手放せなくなり、職場にまで持ち込んでしまった。

アラート待機している間の緊張感が、和らぐような気もしたのだ。

「蓮人……」

自分の子どもの頃にそっくりな顔を思い出して、つい口元が緩む。

美月は必死で否定しているが、蓮人が碧人の子だというのは間違いない。月齢を考えてもそうとしか思えない。

三年前に再会したあの日、美月は身ごもったのだ。

自分のことはあと回しで碧人の将来を考えてくれた美月。今もそれは変わらず碧人を優先し蓮人のことも頑なに打ち明けようとしない。

けれど今回ばかりはあきらめるつもりはない。

まだなんの力もなかった高校生でもなければ美月が遠く離れることが決まっているわけでもない。

それに今は蓮人がいる。

蓮人の妊娠がわかってから今まで、美月が苦労していないわけがない。

今までの苦労を分かち合うことは無理でも、この先ふたりで苦労だけでなく幸せを分け合い生きていくことはできる。

なにより美月への気持ちは高校生の頃のまま、変わっていない。というより大人になり彼女を守れるだけの力を得た今、さらに想いが強くなっていることに気づいた。

「そういえば例のカフェに行ったらしいな。俺も誘えよー」

榎本が拗ねた口ぶりでつぶやいた。

「ああ、行った。評判通り、シフォンケーキがうまかった」

例の、というのは美月が働くカフェのことで、航空祭前後SNSでの賑わいが基地内で話題になっていた。

甘い物にも流行りにも興味はないが、カフェの近くの同僚の家に出産祝いを届けに行った帰り、思いつきで同僚たちと寄ってみたのだ。

「さすがに戦闘機はこれに載ってないよな」

榎本は乗り物図鑑を指差し苦笑する。

「まあ、乗り物というカテゴリーには入らないだろ」

碧人はクスリと笑う。戦闘機は教習所に通えばたいていの人が免許が手に入る自動車とはわけが違う。

「たしかにな。パイロットの俺が言うのも妙だけどさ、戦闘機の存在なんて意識しない目にしない毎日ってのがベストだよな」

「そうだな」

碧人は榎本に同意すると、乗り物図鑑を開き目を通す。

自動車はもちろん電車やバス、最近話題の電動キックボードまで掲載されているが、もちろん戦闘機は載っていない。

それでいい。

ブルーインパルスに夢中でイーグルの模型に喜んでいた蓮人。

榎本の息子のように成長するにつれて興味は他に移り、戦闘機の存在は日常から遠い場所へと追いやられるはずだ。

そうであってほしい。

戦闘機パイロットとしての責任と誇りはもちろん持っているが、自分たちの出番などない日常。

最終的にはそれを求めて日々訓練に励み、外敵の脅威と対峙し続ける。

それが碧人が任務に就く目的であり、信念だ。

——それにしても。

碧人は図鑑の傷み具合に思わず笑みを浮かべた。かなりのお気に入りのようだ。

新しい図鑑を用意してプレゼントしてもいいだろうか。

その時。

ジジジジジジッ――。

けたたましい音が鳴り響いた。緊急発信を告げるベルだ。

デスクの電話も鳴り響き、飛行管理員が間を置かず受話器を取る。

「スクランブル！」

飛行管理員の叫び声を最後まで聞くことなく、碧人は榎本とともに待機室を飛び出しダッシュでハンガーに向かって駆け出した。

スクランブル発進は二機で飛び立つのが鉄則。リーダーパイロットの碧人と、補佐的な役割を担うウィングマンの榎本。ふたりは命を預け合っている。

絶対に失敗してはならない任務。失敗すれば二度と戻ってこられないかもしれない。

そしてそれは、美月と蓮人に二度と会えないということだ。

離陸まで五分。

碧人は発進までのプロセスを頭の中で確認しながら、ジェット噴射が始まっているイーグルに全力で向かった。

＊＊＊

碧人と再会してから二週間。美月はこの先どうするべきなのか答えを出せずにいた。

これからも会いたいと言われたものの、ラストフライトの時に花束を抱えて現われた女性のことがどうしても気になるのだ。

数日前に発売されたブルーインパルスの一年間のフライト記録を掲載した雑誌にも、碧人のラストフライトのシーンがかなりのページを使って掲載されていた。

飛行の様子はもちろん、降機時の晴れ晴れとした表情は思わず見とれるほどカッコよかった。どの写真も碧人の生き生きとした瞬間が切り取られていて、以前からよく名前を目にしている木島忍というカメラマンの愛情すら感じた。

中でもまっ先に目を引いたのが、花束贈呈のショット。

任期を終えてホッとしたのか、碧人は柔らかな笑みを浮かべ花束を受け取っている。

親しげに視線を絡ませ合うふたりから滲み出ている深い絆。

今はまだ結婚していないとしても、やはり彼女は碧人にとって大切な人。そうとしか思えない。

だったら自分はふたりにとって邪魔な存在のはず。碧人とは会わない方がいい。

それならいっそ岡崎の気持ちに応えた方が……と自分勝手な思いが一瞬頭をよぎるが、碧人への気持ちを残したままそんなことはできない。それはこれまで散々世話になった岡崎を利用するだけでなく、恩を仇で返すことになるからだ。

ただ、岡崎の誠実さやこれまで受けてきた優しさを考えると、ただ単に気持ちを拒むこともできなかった。

真摯な気持ちには誠意を持って対したい。

だから碧人とのこれまでの事情もなにもかもを、偽りなく話した。

高校時代の脚の怪我のことも、蓮人を身ごもった日の偶然の再会のことも。

そして今も碧人への想いを抱え続けていることも、なにもかも。

『そうか、だったら俺が有坂の気持ちを手に入れるには、やっぱり戦略を練らないとな。それこそイーグルドライバーに負けないくらい、綿密な戦略』

話を聞いた岡崎の飄々とした声音の裏にどんな気持ちが隠れているのか、長い付き合いとはいえ察することはできなかった。

あっさり引くつもりはないと言っていたが、その気持ちがどれだけ強いとしても今の美月に応えることはできない。というより、応えてはいけない。

それが岡崎に対する美月の最低限の礼儀だから。

「はあ……」

岡崎のことはどうするべきかすぐにわかったのに、碧人のこととなるとどれだけ考えても結論を出せないのがもどかしい。

とはいえ。

「れん君、ゆっくり降りてこいよー」

「はーい」

滑り台の上から下で待つ碧人に力一杯手を振っている蓮人の姿を見ていると、そんな悩みはあと回し、あまりのかわいらしさに現実を忘れそうになる。

三人で会うのは二回目の今日、碧人の車で最近できた人気の公園にやってきた。

保育園のママたちの間で評判の無料施設で、美月も興味があったが距離があり車がないと大変そうなのであきらめていた。

けれど今朝車で美月たちを迎えに来てくれたと知って、行ってみたいと提案してみたところふたつ返事でＯＫ。蓮人だけでなく碧人も公園に着くなり走り回っている。

その姿はまるで親子のようで……というより、本当の親子だとしか思えないほど仲が良く、楽しそうだ。

休日の午後、公園のどこを見回しても蓮人たちのように親子で走り回ったり遊具で盛り上がったり。

「平和だな……」

暖かな陽射しも手伝って、ポロリとつぶやいた。

「平和？」

ふと二週間ほど前のことを思い出して、美月は表情が強張るのを感じた。

国籍不明機が日本海側の領海内を許可なく航行し、自衛隊機がスクランブル発進したのだ。初めてではないが、ニュースでそれを知った時、全身から血の気が引いた。

該当する時刻に碧人は基地にいたはずで、もしかしたら現場に向かったのは碧人かもしれない。碧人はイーグルドライバーだ、その可能性は高い。

そしてそれは、美月が碧人とのことで結論を出せない理由のひとつ。

碧人がブルーインパルスの一員だった時には感じなかった恐怖を知って、そばにいたいと強く感じたのだ。

実際どうだったのか気になって仕方がないが、仕事のことはいっさい答えられないはずで、困らせるわけにはいかない。

碧人は今こうして蓮人と笑い合っている。それが答えだと納得するしかない。

「さっくー」

甲高い声にハッとし顔を上げると、蓮人が腰を下ろし滑り台から飛び出した。勢いがついた蓮人の身体は、速いスピードで一気に滑り落ちていく。

「きゃーっ」

蓮人の弾けるような明るい声が、ざわめく公園に響き渡る。

「とうちゃーく」

下で両手を広げて待っていた碧人が、蓮人に負けない大きな声をあげ受け止めた。

「上手く滑れるようになったたな。怖くなかったか？」

「ううん。おもしろい。もういっかいっ」

蓮人はすくっと立ち上がり、碧人に上目使いでおねだりする。初めて来た公園の滑り台に夢中で、子どもたちの順番待ちの列に何度も並び直しては滑り続けている。

「もう一回は今度にしようか。他にも滑りたいお友達がいっぱいだからな」

「えー」

碧人に抱き上げられた蓮人は、ぶんぶんと首を横に振る。

「蓮人……」

初めて見る蓮人の顔に、美月は目を丸くする。

いつもなら聞き分けよく「はーい」と返すところを、碧人にはぐずぐず言っている。

「また一緒に来よう」

「いっしょ？」

探るような蓮人に、碧人はニッコリ笑い頷いた。

「いいよ。いっしょに、くる」

蓮人はあっという間に機嫌を直し、勢いよく碧人の首にしがみついた。

「いい子だな。また一緒にこような」

蓮人は顔をくしゃくしゃにして笑い、いつもよりも大きな声で「はーい」と答える。

「さすがれん君。いい返事」

「へへっ」

蓮人は碧人に褒められ、どうだとばかりの笑顔を美月に向けた。

「ままー」

つられて振り返った碧人も、穏やかな笑顔を美月に向けた。

並ぶ碧人と蓮人の顔。あまりにもそっくりで、そのことに気づくたび息が止まりそうになる。十人いれば十人ともふたりが親子だと答えるに違いないほど、ふたりはよく似ている。

そんなふたりを引き離していた自分の罪深さに、美月の胸に鈍い痛みが走る。

それに、戦闘機パイロットの碧人がこうして笑っているのも当たり前のことではないと思い出して、切なくなる。

「まま、おなかすいたー」

蓮人の声が愛おしい。

「美月」

ふたり揃って美月を手招いている。

「あ……うん。今行くね」

美月は三人でいられる幸せをかみしめながら、ふたりのもとに駆け寄った。

「あ、あの。蓮人重いですよね。代わります」

ふたりに追いついてすぐ蓮人を引き取ろうと美月が手を伸ばすと、碧人はあっさり首を横に振った。

「これくらい、全然。普段の訓練に比べたら余裕」

肩をすくめ、蓮人の頬を優しくなでる。

「きゃはー」

蓮人はくすぐったいのか身をよじり、笑い声をあげた。

「子どもに慣れてますね」

蓮人とはしゃぐ姿を見るたび、そう感じていた。

「慣れてる慣れてる。子育てなら経験済み」

碧人は駐車場に向かいながら、苦笑する。

「えっ？」

美月は声を詰まらせた。まさか蓮人以外にも子どもがいるのだろうか。

「ああ、違う。親戚に子どもが多いんだよ。仙台にも従姉妹一家が住んでいて、今年小学校に入学した双子の甥っ子の面倒を、休みの日によくみてたんだ」

「そうなんですね」

美月はホッと息をついた。

「双子って大変ですね」

「休日はどうせ暇だろうって呼び出されてふたりの面倒を押しつけられることもしょっちゅうだったし。こっちに来てからはさすがに無理だけど、それはそれで寂しいかな。向こうも今は夫婦ふたりでなんとかやってるみたいだけど」

「夫婦……」

碧人の口から出たその言葉に美月は小さく肩を揺らした。

「あ、あの」

話の流れに力を借りて、美月は思い切って口を開く。

「碧人先輩は、今まで、あの、結婚は……？」

「結婚？」

碧人はきょとんとする。

「してない。今まで考えたこともない……え？　俺が結婚していると思ってるのか？」

「い、いいえ、そういうわけじゃ」

顔色を変えた碧人に、美月は慌てて目の前で手を横に振る。この反応は予想していなかった。

「そうじゃないんです。でも、結婚していたり恋人がいたりしたら、私も蓮人も碧人先輩の邪魔に――」

「邪魔ってなにを言い出して……それに俺は――」

「ままー、バスがいるー」

蓮人が大通りを連なって走る観光バスを指差し声をあげた。

「本当だね。あ、またあっちから来るよ」

碧人の言葉の続きが気になるが、身を乗り出して手を叩いている蓮人に、碧人もそれどころではなさそうだ。蓮人が落ちないよう必死で抱きしめている。

「いっぱい……」

バスだけでなくタクシーやトラックが次々と登場し、蓮人の目はキラキラしている。

「今度は一緒にバスに乗ろうか」

碧人はそう言って、蓮人と一緒にバスや自動車を目で追いかける。ふたり揃って頭を右から左に動かす仕草が妙におかしくて、美月は傍らでクスリと笑った。

「よかったらうちに来ないか？　遅くなる前に家に送るから」

公園近くのファミレスで昼食を終えて車に乗り込んだ時、碧人がそう切り出した。

「え、でも……」

碧人が事前に用意してくれていたチャイルドシートに蓮人を座らせながら、美月は言葉を濁す。

「もう少し一緒にいたいんだ」

「でも、私」

「ゆっくり話もしたいし、どうかな」

「えっと」

碧人は運転席から振り返り、車内をキョロキョロと眺めている蓮人に優しい眼差しを向けた。

碧人は美月のごまかしを見抜いていて、蓮人が自分の息子だと信じているのかもしれない。

だとすれば、蓮人とまだ一緒にいたいという気持ちはよくわかる。

「じゃあ、少しだけお邪魔させてください」

「ありがとう」

碧人のホッとした明るい声に、これまでふたりを引き離していた罪悪感で胸がいっぱいになる。

同時に碧人のプライベートに踏み込むことに緊張し、膝に置いた手が震えないよう強く握りしめた。

碧人の自宅は基地から車で十五分程度の場所にある五階建てのマンションだった。各階三戸で碧人の家は五階の最奥。２ＬＤＫの室内は日当たりがよくとても広い。

緊張しながらリビングに入ると、ソファやダイニングテーブル、書棚など必要最低限の家具は揃っているものの、全体的に物が少なくすっきりしていた。

「コーヒーでいいか？」

「あ、私が」

キッチンから聞こえた碧人の声に、美月は慌てて腰を上げた。

「いや、蓮人君が寝てる間くらいゆっくりすればいいよ」

「……ありがとうございます」

遊び疲れたのか蓮人は車の中で眠ってしまい、今もソファの上でぐっすりだ。

美月は碧人が用意してくれたブランケットを、蓮人にそっとかけた。

「さすがに疲れたみたいだな」

「そうですね。最近はお昼寝もあまりしなかったんですけど」

蓮人はスースー寝息を立てていて、まだまだ起きそうにない。

「気持ちよさそうに、眠ってます」

不意に居心地の悪さを感じて、美月は視線を泳がせた。考えてみれば、碧人と再会して以来、いつも蓮人がふたりの間にいてふたりだけで言葉を交わすことはほとんどなかった。

「ピザもご機嫌でかなり食べてたな」

「そ、そうでしたね。好き嫌いがないので」

平静を意識して答えるものの、やはり落ち着かず声もうわずっている。

そわそわしつつキッチンを見ると、整然としていて綺麗だ。というよりほとんどなにもなくて、普段から料理をしているようには見えない。

「……ふう」

不思議と気持ちが落ち着いて、肩から力が抜けていく。

碧人の口から結婚はしていないと聞いたものの、あの女性の笑顔が頭に浮かんで不安だったのだ。

とりあえずここに女性の気配がなくて、ホッとした。

「あ、これって」

ローテーブルに無造作に置かれた雑誌が目に留まり、美月は手に取った。

数日前に発売された、ブルーインパルスの一年間のフライト記録を掲載した雑誌だ。

美月も手に入れて、蓮人と眺めている。

一瞬ためらったものの、慎重にページをめくり蓮人のラストフライトの記事を開いた。

花束贈呈の写真。何度見ても碧人と女性との近すぎる距離を感じて胸が苦しくなる。

美月は写真に映る花束を目を凝らし見つめた後、リビング奥の棚に置かれているドライフラワーに視線を向けた。

ガラスケースに入れられて大切に保管されている。

リビングに足を踏み入れた時から気になっていたのだ。

「やっぱり……」

もちろん色は変化しているが、どう見ても同じ花束だ。部屋に飾られているドライフラワーは、ラストフライトの時に贈られた花束を乾燥させたものに違いない。

やはり恋人から贈られた花束だからガラスケースまで用意して大切に残しているのかもしれない。

美月は写真とドライフラワーをぼんやりと見つめた。

「それ、俺のラストフライトの時の写真。今年の三月」

コーヒーを載せたトレイを手に、碧人が美月の隣に腰を下ろした。

「取り上げてもらえるのはありがたいけど、扱いが大袈裟すぎて他の隊員に申し訳ないんだよな」

「そんなこと。ラストフライトは記念だし」

気のせいかうんざりしている碧人の声に、美月は首をかしげた。

「どの写真もすごく素敵です。この花束贈呈の時の写真はとくに……そう思います」

自分以外の女性との写真を褒めるのもどうかと思うが、何度見てもこの写真の碧人が一番いい顔をしている。

「ああ、これ。……実は俺も結構気に入ってる」

碧人は写真を眺めながらふっと笑みを浮かべた。意味ありげなその眼差しに特別な想いを感じて、美月は身体を強張らせた。

やっぱり彼女は碧人の特別な人。ドライフラワーのことを考えてもそうとしか思えない。

「美月？」

碧人は黙り込んだ美月の顔を、心配そうに覗き込む。

「いえ、なんでも。実は私もこれを持っていて、蓮人と一緒に眺めてます」

「これを？」

「ブルーインパルスの写真が満載で蓮人が喜ぶので」

「蓮人君、ブルーが本当に好きだよな」

ソファの上で眠る蓮人を見つめ、碧人は愛おしげにつぶやいた。

「俺のラストフライト。美月たちにも見てほしかった」

「あ……それは」

美月は開いたままの雑誌をチラリと見る。

この日、実は蓮人とふたりでここにいたと、伝えた方がいいのだろうか。

「いいんだ。今美月とこうして一緒にいられるのも奇跡に近いのに、それ以上望むのは贅沢だ」

蓮人は自分に言い聞かせるようにそう言って、美月に頷いて見せた。

「碧人先輩」

「せっかくの奇跡を無駄にしたくない。だから三人で一緒に暮らしたい」

蓮人は力強い声でそう告げた。

「……え、一緒に？」

美月は目を瞬かせ、ぽかんとする。

「そう。一緒に暮らしたい。このことを話したくて部屋に呼んだんだ」

「で、でも、どうしてそんな、突然」

再会してからまだ二週間。三人でまともに会うのもまだ二回目だ。

動揺でうまく言葉が出てこない。

すると碧人は神妙な表情で美月に向き合い、ゆっくりと口を開いた。

「蓮人君、俺の子だよな」

それを確信しているとわかる迷いのない声。美月は慌てて首を横に振った。

「それはちが――」

「そっくりなんだ。前にも言ったけど、俺の子どもの頃にびっくりするくらい似てる」

碧人はローテーブルの上に置いていたスマホを手に取り操作すると、美月の前に差し出した。

「最近、母親に送ってもらった写真。三歳の俺だ」

「碧人先輩の……？　え、蓮人？」

美月は手渡されたスマホの画面を見るなり声をあげた。

そこに表示されているのは、どこかのテーマパークだろうか、着ぐるみと一緒に並んで極上の笑みを浮かべている蓮人……ではなく碧人。

「うそ」

見覚えのない服を着ていて違和感はあるものの、髪型も同じで蓮人にしか見えない。背丈もきっと、今の蓮人と同じくらいだ。

「ここまでそっくりって……」

「俺もこれを見るまでここまで似てると思ってなくて驚いた」

「ですよね。生まれた時から碧人先輩に似てるとは思ってましたけど、びっくりです」

碧人はソファの上で寝息を立てている蓮人を見つめながら、詰めていた息を吐き出した。

「俺の子で間違いないな？」

「……はい」

これ以上ごまかせないと覚悟を決め、美月は答えた。

曖昧に言い繕いこの場を乗り切っても、いずれＤＮＡ鑑定を求められそうなほどの圧を碧人から感じたのだ。

それになによりあまりにも蓮人に似ている写真を見せられて、ごまかそうとも思えない。

「やっぱり、そうか」

碧人はホッと表情を緩めた。

「だったらあの時しか考えられないな。妊娠したこと、どうして言ってくれなかった？　俺のことは必要ないとでも思って……違う、美月を責めてるわけじゃないんだ」

「ごめんなさい」

蓮人にさらなる罪悪感を抱えてほしくなくて伝えなかったが、結局こうして知られてしまった。

「でも、私は碧人先輩になにかをしてもらうつもりは――」

「ありがとう」

「なくて……え？」

美月は言いかけていた言葉を飲み込んだ。

「正直、どう言っていいか。ただ、蓮人君が俺の子だと思うとうれしいんだ」

「本当に？」

「美月が苦労してないわけがないとわかっていても、俺の子を産んでくれていたことにもそれに蓮人君に会えたことにも感謝してる」

碧人はかみしめるようにそう言って、蓮人の寝顔を優しく見つめた。

動揺しているはずなのに、蓮人に向ける眼差しは温かい。

碧人に蓮人の存在を伝えるつもりはなく一生縁がないままだと納得していたが、いざ蓮人の存在を喜んでもらえると、それだけで今までの苦労など忘れてしまう。

ひとりで蓮人を育てると決めた気持ちに嘘はないが、本心では碧人に蓮人の存在を喜んでほしかった。

「蓮人君、誕生日っていつ？」

「十二月一日です。次の誕生日で三歳になります」

「三歳……そうか。あれから三年以上経つのか」

〝あれから〟というのは、友人の結婚披露宴が行われたホテルで偶然顔を合わせた日のことだ。

「そういえば、あの時イギリスに赴任するって言っていたよな。蓮人君も連れて行ったのか？　もしかして、向こうで出産したのか？」

「それは、あの、蓮人は日本で。それにイギリスには結局……」

美月は思わず口ごもる。

蓮人が碧人の子だと認めた時からこのことも話すつもりでいたが、このタイミングは早すぎる。

「結局？　まさか赴任できなかったのか？」

碧人はそれまでの優しい表情を消し、苦しげに口元を歪めた。

「……はい」

蓮人が苦しまないようごまかすべきかと悩んだが、いつかはばれるはず。

「赴任の話はなくなったんです」

正直に答えた。

「なくなった……妊娠したからだよな」

「違うんですっ」

表情を強張らせた碧人に、美月は何度も首を横に振る。

碧人がそう受け取るのが心配で、今まで蓮人のことを話さなかったのだ。

「赴任することもできたんです。でもイギリスで出産するのもひとりで育てるのも現実的じゃないから。上司と相談して辞退を決めて。後輩が代わりに赴任しました」

「あれだけ楽しみにしていたのに、辞退って。俺のせいだな、ごめん」

碧人は肩を落とし、うなだれた。

「こっちには異動かなにかで？　調べたけどあの店、藤崎商事が経営してるんだよな」

力ない碧人の声に、美月はコクコクと頷いた。

「本社での仕事は海外との時差があったり出張も多かったりで、蓮人を育てるのは難しくて。ちょうどカフェ事業に移らないかと話があったのですぐにOKしてここに」

美月は明るい声を意識し、説明した。

「今までとは畑違いの仕事ですけど、意外に向いていたみたいで楽しいんです。お客さんに蓮人も可愛がってもらって元気に育ってます」

「だったら、よかった。……いや、違うな。俺のせいで美月の人生を変えてしまったのは事実だ。それも二度も」

「違います」

「俺のせいでバレエダンサーになる夢をあきらめて、イギリス赴任もあきらめた。俺のせいで」

「ちが――」

「本当に申し訳ない」

碧人は姿勢を正し、深く頭を下げる。思いつめたような声と小刻みに震える肩。

美月はたまらず碧人に身体を寄せ、言葉を続けた。

「海外赴任ならこの先もチャンスはあります。それにさっきも言いましたけど、ここの仕事は私に合ってるみたいで充実してるんです。バイトの大学生とか常連さんたちからパワーをもらえて元気になるし」

表情が消えた碧人に、美月は言葉を重ねた。

「バレエ団で踊る代わりにイギリスで仕事ができたらと思って商社に入社したんですけど。私、今幸せなんですよ。碧人先輩が気にすることなんてないんです」

それは強がりではなく本心。蓮人とふたりで小松に来てからというもの、任期の二年を延長できないかと真剣に考えるほど仕事が楽しくて仕方がない。

「だとしても、俺が美月のチャンスを二度も奪ったのは事実だ。人生を変えてしまったこと、本当に、ごめん」

碧人は苦しげに眉を寄せ、口を開く。

「碧人先輩……」

碧人はこういう人なのだ。大切な人を守ろうとする気持ちが人一倍強くて、美月のことも心から大切にしてくれた。

だからこそ美月が怪我を負った時、自分を責めて進路を変えようとまでしたのだ。

そんな碧人の責任感の強さと優しさが大好きだった。

その気持ちは今も変わっていない。碧人のことが大好きだ。

「一緒に暮らしたい」

碧人は改めてそう口にした。

「今までの美月の苦労を俺が全部カバーできるとは思わない。だけどこの先は俺がふたりを支えたい」

微かにも揺れない瞳。碧人の本気が伝わってくる。

「でも、だったらあれは……」

視界の片隅に映るドライフラワー。

親しげな笑顔で碧人に花束を贈った女性の姿が、頭に浮かんでくる。

「美月？」

碧人への想いを確認した今、これ以上胸に納めておくことはできそうにない。

美月は碧人の向こう側に見えるドライフラワーを見つめながら、口を開く。

「だったら、あの女性のことはどうするんですか？」

ガラスケースの中で大切に守られているドライフラワー。まるであの女性の代わりにそこにあるような気がして切なくなる。

「は？　あの女性って、なんの話だ？」

間の抜けた顔で、碧人は首をかしげる。

「それは……あ、あの花を碧人さんに渡していた……」

碧人の意外な反応を不思議に思いつつ、美月はおずおずとドライフラワーを指差した。

「花？　ああ、あの乾燥させた花？　あれが気に入ったのか？」

「そういうわけじゃ……たしかに綺麗ですけど」

あっけらかんと答える碧人の声に、さらにしっくりこないものを感じる。

「乾燥させる前は原色の塊。どう見ても俺のイメージじゃないし同僚たちにも笑われたんだ。最後くらい嫌がらせはやめてほしかった」

「嫌がらせ？」

「そう。俺が照れるのを狙ってわざと派手な花束を用意してきたんだ。ニヤニヤ笑ってるから俺もカチンときて、思いっきり喜んでる振りで受け取って……。あ、悪い、ぴんとこないよな」

「はあ」

気まずげに肩をすくめる碧人に、美月はぼんやりつぶやいた。

想像とはまるで違う答えに言葉が出てこない。

「ああ、そういえばこれにも載ってるから美月も見てるんじゃないか？」

碧人は開いたままの雑誌をめくり、ページを開いた。

「これ。赤とか黄色とか、ピンク。フライトスーツにも合わないし、かすみ草ってほんと勘弁してほしかった」

「かすみ草……かわいらしいですね」

碧人が開いて見せたのは、ラストフライトを終えて花束を贈られた時のショット。

碧人が言うように原色が目に眩しい華やかな花束。そして綺麗な女性と顔を見合わせ笑い合っている、例の写真だ。

「前にも話したと思うけど、俺の初めての育児は彼女の双子の子どもたち。従姉妹だっていっても人使いが荒くて訓練より疲れた」

「双子……従姉妹？　あっ」

聞き覚えのある言葉にハッとする。

「まさか、彼女って」

「従姉妹。この日、急に来られなくなった両親の代わりに駆けつけてくれたのは感謝してるけど、用意したのはこの花束。俺の困った顔が見たかったらしい」

碧人は肩をすくめそう言うと、見開きいっぱいに掲載されたその写真を懐かしそうに見つめた。

「この時、美月を思い出してた」

「私？」

「ああ。美月がここにいたらって、思ってた」

「あっ」

美月はハッとし両手で口を押さえた。

碧人は写真を眺めたまま、言葉を続ける。

「もしも高校生だったあの時、美月を手放さなかったら、それにもしも三年前のあの時、美月の連絡先を聞いてイギリスとの遠距離恋愛を始めていたら、花束を持って目の前にいるのは美月だったかもしれない……って今さらだよな」

「碧人先輩……」

美月は照れくさそうに笑う碧人を瞬きを忘れ見つめた。

それにいきなり知らされた大量の情報に理解が追いつかず、なにからどう話せばいいのかわからない。

ラストフライトの写真を睨みつけるように見つめ、どうにか気持ちを整える。

写真の中の碧人と極上の笑みを浮かべている女性。ふたりは従姉妹同士、それも頻繁に行き来している昔なじみのような関係だ、親しそうに見えるのは当然のこと。

そう納得した途端、同じ写真が今までとはまるで違って見えてくる。

「ラストフライト、美月と蓮人に見てほしかった。これもまあ、今さらだな」

悔しそうに笑う碧人に美月は力なく笑い、深くため息を吐きだした。

最初から碧人を信じて事情を聞いていれば、ここまで悩まずに済んだはず。

思い込みで勝手に悩んでいた、自分の浅はかさが情けない。

「美月?」

「私」

顔を上げ、碧人を見つめた。

「私、この時ここにいたんです」

「ここにって、それって、基地に？」

「そうです。蓮人とふたりで基地の外からフライトを見てました。ドルフィンライダーの碧人先輩を蓮人に見せてあげたくて。まさかラストフライトだとは思わなくてびっくりしたんですけど」

「嘘だろ……」

碧人は目を見開いた。

「たくさんのファンの人が碧人先輩のために駆けつけているのを見て感動しました。真っ青な空に広がるスモークが綺麗で。私も蓮人も夢中で見てました。……碧人先輩？」

「どこまで俺を喜ばせるんだよ」

碧人は信じられないとばかりに頭を抱え、大きく息を吐き出した。

「三年、ドルフィンライダーになりたいっていう俺の夢を応援してくれた美月を思いながら飛んだ。せめて一度は美月に見てほしかった。だけどそうか、見てくれたのか」

美月はコクコク頷く。

「蓮人もサックって何度も言って、手を振ってました。サックが大好きだから」

「なんだよ。これ以上、喜ばせるなよ」

ふと顔を逸らした碧人の目に光るものが見えたのは気のせいだろうか。

「碧人先輩……」

これほど動揺している碧人を見るのは初めてだ。

「だから、この花束を贈られる時も蓮人と一緒に見ていて。それに碧人先輩は独身なのに綺麗な女性が現われたから、ファンの人たちみんなびっくり……えっ？」

いきなり強い力で抱き寄せられ、気づけば碧人の胸に顔を押しつけられている。

「あ、あの、碧人先輩？」

「どうしてそれを言ってくれなかった……いや、来るなら先に言ってほしかった……それも違うな。どうしてもっと早く連絡してくれなかったんだ。俺のフライトなら何度でも見せてやれたはずなんだ」

耳元に響く碧人のくぐもった声。抑えていてもわかる切なさが伝わってきて苦しい。

「ごめんなさい」

「そうじゃない。美月は悪くない。俺のためってわかってる。ただ、悔しいだけだ」

碧人は思いを吐き出すように言葉を重ね、美月を強く抱きしめた。

その強さは碧人の悔しさそのものだ。美月はそれを受け止めたくて、碧人の身体を強く抱きしめた。

「私も同じことを思ってました」

「同じ？」

「びっくりするくらい。同じです」

美月はもぞもぞと顔を上げ、憂いを帯びた碧人の顔を見つめた。

「もしも高校生だったあの時に碧人先輩と別れなかったら、それに再会した時にまだ好きだって伝えていたら、花束を持って碧人先輩の前に立っているのは私だったかもしれないって。今さらだけど、すごく悔し――」

「美月っ」

「かった……あっ」

言い終わるのを待たず碧人にいっそう強く抱きしめられて、美月は息を止めた。碧人の胸の奥から速すぎる鼓動が聞こえてくる。

「あと半年。……あと半年早く会えたら、ここに美月たちが映っていたんだよな」

鼓動に混じって耳に届くのは、悔しそうな碧人の声。

美月は顔を動かし、開いたままの雑誌を眺めた。

蓮人とふたりで碧人に花束を贈りたかった。

そして見開き一面には三人の笑顔。

想像するだけで照れくさくなる。そして碧人と同じくらい悔しい。

「さっく。これどうぞ」

「え、蓮人？　起きちゃった？」

振り返ると、いつの間にか目を覚ましていた蓮人が手元にあった飛行機図鑑を碧人に差し出している。

美月は慌てて碧人から離れた。

身体が熱く、照れくさくて碧人の顔をまともに見られない。

「ひこうきがいっぱい」

蓮人は寝ぼけているのか力が抜けた笑顔で碧人に本を差し出している。

「蓮人……」

碧人はかみしめるように蓮人の名前を呼び捨てた。美月の口からようやく自分の子だと知らされて、込み上げる気持ちを我慢できないのかもしれない。

「ありがとう。飛行機図鑑か、面白そうだな」

碧人は蕩けるような笑みを浮かべ図鑑を受け取った。

途端に蓮人は表情をほころばせ、両手を差し出し甘えた仕草を見せた。

「さっくー」

「蓮人……」

碧人はたまらないとばかりにつぶやいて、素早く蓮人を抱き上げた。

「きゃーっ」

蓮人ははしゃいだ声をあげた。身長百六十センチの美月よりも碧人は二十センチは高い。いつもとは見える景色も違って楽しいのだろう。

碧人も幸せそうに表情を崩し、笑っている。

よく似た笑顔が目の前に並んでいる。それだけで胸がいっぱいで泣きそうになる。

「一緒に飛行機図鑑、見ようか」

碧人は蓮人を胸に抱いたまま、ソファに腰を下ろした。

「え？　寝てる？」

見ると蓮人は碧人腕の中で再び眠っている。今の今まで笑っていたのに三秒後には夢の中だ。

「かわいいな」

碧人は蓮人の頭を膝の上で寝かせ、柔らかな髪を梳きながら目を細めた。

「しばらくこうしていていいか？」

「いいですけど、重くないですか」

「それがいいんだよ。この重さ。ぐっとくる」

その声も蓮人を見つめる眼差しも、あまりにも優しい。

「ぐっとくるって……」

美月は碧人の優しい表情にぐっときて、胸がいっぱいだ。

少しでも気を抜くと泣いてしまいそうで、気を逸らそうと開いたままの雑誌を手に取った。

「私、この木島忍さんというカメラマンの名前をよく見かけるんですけど、ブルーインパルスの専属かなにかですか？」

平静を意識するものの声は震え、目の奥も熱い。泣かないように意識を集中する。

「専属ってわけじゃないが……それより」

碧人は蓮人をソファの上にゆっくりと寝かせると、美月の手から写真集を取り上げ美月の隣に腰を下ろした。

握りこぶしひとつ分もない近すぎる距離。互いの体温すら感じられそうだ。

美月はラグの上で慌てて姿勢を正し、視線を泳がせた。

ここまで近いとどこを見ていいのかもわからない。

背後のソファからは相変わらず気持ちよさそうに眠っている蓮人の寝息。

今すぐ起きてほしいと、普段は絶対に思わないことを願ってしまう。

「急かすつもりはなかったし、いつまでも待つつもりでいたが」

「はい」

落ち着いた碧人の声に、美月は顔を向けた。

「それにまだ再会してから日も浅い。それはわかっているが、一緒に暮らしたい。今日一日、ずっと考えていたんだ」

迷いのない碧人の声がリビングに響く。美月は息を止め、唇をかみしめた。

美月の答えを待ち続ける碧人の葛藤が伝わってくる。

「これからは蓮人の成長を側で見ていたい。これ以上美月ひとりに苦労をさせたくないし、一緒に蓮人の成長を見守って喜び合いたいんだ」

「苦労なんて、全然。蓮人と一緒にいられるだけで私は幸せで。お腹にいる間も会えるのが待ち遠しくてたまらなかったんです。だって……」

お腹にいるのは碧人の子。美月の人生で唯一愛した人の子どもだ、会える日が楽しみで仕方がなかった。

未婚のシングルマザーになる不安が霞むほど、待ち遠しかったのだ。

「美月？」

黙り込んだ美月の顔を、碧人が不安げに覗き込む。

「なんでもないんです」

美月は碧人のことがずっと好きだったと、思わず言いかけた言葉を胸に納めた。

「苦労をしたなんて本当に思ってません。だから碧人先輩が気に病む必要はないんです。むしろ蓮人と一緒にいられる幸せの方が大きくて、後悔もない――」

「だったら俺にもその幸せを分けてほしい。父親として蓮人と生きる幸せをくれないか？」

「それは」

熱がこもった声に、美月はたじろいだ。碧人がこれほど蓮人を望んでいるとは思わなかったのだ。

「あと、仕事が仕事だから勤務は不規則で不安にさせることも多いが」

「はい」

美月はスクランブル発進のことを思い出して表情を強張らせた。

碧人が言う〝不安〟は、きっとそういうことだ。

正確には不安どころじゃなかった。恐怖だ。

碧人の任務についてなにも知らないばかりか命がかかっていることも頭でしかわ

かっていなかった。

いざスクランブル発進という言葉が碧人につながるのだと認識した途端全身が震え、あっという間に広がった恐怖を、どうすることもできなかった。

そう、どうすることもできないのだ。

碧人の命の行方は、自分にはどうすることもできない。ただ無事を祈るだけ。

その時の感情を思い出すだけで、今も手が震えている。

「……私」

なにを言おうとしているのか自分でもわからない。それでも今目の前に碧人がいる現実を確認したい。

美月は自分からにじり寄り、碧人の顔を見つめた。

「美月」

碧人はふっと表情を緩め、美月の頬を両手で包み込んだ。

「美月が安心できるように、それに三人で幸せになれるように今まで以上に確実に、それに慎重に仕事に向き合う。だから、俺を信じて一緒に暮らしてほしい」

「碧人先輩……」

蓮人への父親としての愛情と美月への責任感。その真摯な想いが胸に響く。

美月は自分の気持ちを確認するように、目を閉じた。

まっ先に思い出したのは、恐怖だ。

この先碧人を失うかもしれないという恐怖を、跳ね返す自信はない。

けれどその恐怖を知った今、たとえ碧人との縁を再び手放してもそれが消えないこともわかっている。

むしろ離れれば離れるほど心配は募り不安も大きくなるはずだ。スクランブル発進だけでなく、訓練や自然災害への対応の時にも事故は起こりうる。

そんななにもかもが気になって、恐怖を抱えたまま日々を過ごすはず。

それならいっそ、碧人の傍らですべての不安や恐怖に立ち向かう方がいい。

碧人のことが好きだという気持ちを大切にして、彼の仕事を近くで応援し続けたい。

自分には、他の誰でもない、碧人しかいないのだから。

だったら答えはひとつしかない。

美月はゆっくりと目を開き、頰を包む碧人の手に自分の手を重ねた。

「蓮人とふたり、碧人先輩と一緒にいさせてください。よろしくお願いします」

迷いのない声が部屋に響き、同時に碧人の表情がほころんだ。

「ありがとう。必ずふたりを幸せにする」

気づけば美月の唇は、碧人のそれに塞がれていた。

十一月も最終週に入り、蓮人の誕生日まであと一週間。

美月は碧人と一緒に祝える幸せをかみしめながら、その日を楽しみにしていた。

「有坂さん、お先に失礼しますね」

「お疲れ様。気をつけて帰ってね」

閉店後の片付けを終えたバイトの女の子たちが、バスの時間を気にしながら慌ただしく店を出て行った。

明かりがいくつか落とされ静かになった店内を見回し、美月は何度か深呼吸をした。

今日こそ岡崎と話をしなければと、仕事中から緊張しているのだ。

「お疲れ、れん君のお迎えは大丈夫なのか？」

「は、はい。それは大丈夫です」

不意に聞こえた声に振り向くと、バックヤードから出てきた岡崎と目が合った。

「今日は……えっと、蓮人は迎えに行ってもらっていて」

美月は言葉に詰まりながら答えた。

「ああ、桜井さんが？」

「……はい」

ここで碧人の名前を出すのは心苦しい。これから話そうとしていることを考えるとなおさらだ。

けれどオロオロしている場合ではない。岡崎には誠実に思いを伝えなければと気持ちを切り替える。

「あの、岡崎さん、少しいいですか？」

「……もちろん。いいよ」

美月のどこか上ずった声に、岡崎は一瞬の間を置き穏やかに答えた。

「えっと」

なにかを察しているような柔らかな笑顔を向けられて、美月は口ごもりうつむいた。

岡崎を傷つけたくなくて、言葉がうまく出てこない。

「れん君、桜井さんのお迎えなら大喜びだな。この間もバスでかなりはしゃいでたし」

気詰まりな空気を解くように、岡崎は軽くそう言って笑った。

「そうですね」

岡崎の気遣いにホッとし、美月は肩の力を抜いた。

「はしゃいで大変でした」

先週末、碧人と蓮人と三人で出かけた帰りのバスで、偶然岡崎と顔を合わせた。

蓮人は大好きなバスに乗って大興奮。車内をキョロキョロ見回し落ち着かなかった。

「れん君、バスを降りる時も俺に元気に手を振ってくれたし、本当にご機嫌だったな」

「最近、バスが気に入ってるんです。だからわざわざ三人でバスに乗って――」

「それだけじゃないよな」

岡崎は美月の言葉を軽く遮り、首を横に振る。

「あの時のれん君、桜井さんと一緒にいるのがよっぽどうれしかったんだろうな、見たことがないくらい楽しそうだった」

「それは……はい」

美月は否定することもできず、気まずげに頷いた。

あの日の蓮人は岡崎に気づくや否や碧人の手を引き近づくと「さっくと一緒にごはん食べた」と誇らしげに紹介していた。

岡崎から気持ちを伝えられてから一カ月余り。

その間、岡崎は他店舗の視察で店を不在にすることが多く、ゆっくりと話す機会もなかった。

岡崎への答えは固まっているとはいえ、それを伝えられずにいる状況が気になり居心地も悪い。

そんな中で碧人と一緒にいる場面で岡崎と顔を合わせてしまい、表情に出ないよう気をつけながらも心中はかなり動揺していた。

『ちゃんとご挨拶させていただくのは初めてですね。桜井と申します。美月がいつもお世話になっております』

碧人が当然とばかりに岡崎に挨拶を始めた時には、動揺どころか一気に緊張してどうなることかとドキドキした。けれどそこは、やはり大人のふたり。

岡崎は穏やかな笑みを浮かべて平然と碧人に挨拶を返していた。

「ああ、ちょっと待ってくれるか」

ふとつぶやくと、岡崎は足早にバックヤードに入り、なにかを手に戻ってきた。

「ちょうどいいタイミングだから、今渡しておくよ」

岡崎が目の前に差し出した小さな包みを、美月はまじまじと見つめた。

手の平にすっぽり収まる程度の正方形の包み。

「少し早いがれん君に誕生日プレゼント」

「あの、あ、ありがとうございます」

押しつけられるように差し出された包みを、美月は恐縮しながら受け取った。

「でも、いいんですか？ しょっちゅう色々蓮人にプレゼントしてくれるのに、また」

岡崎はこれまで折にふれて玩具に限らず色々とプレゼントしてくれている。

なのに誕生日だからと気を遣わせてしまい、申し訳ない。

「それ、人気のアニメキャラの子ども用腕時計。店によく来てくれる幼稚園の先生に勧められて用意したんだ。ＧＰＳがついてるから安心らしい」

「ＧＰＳ……それは心強いですね。だけど、申し訳ないです。そんなちゃんとした物、わざわざ」

「いいよ、簡易的な時計でそれほど値が張るわけでもないんだ。それに」

岡崎は一瞬表情を歪めひと息つくと、美月に向き合いまっすぐ見つめた。

その真剣な眼差しに、美月も息を詰め見つめ返す。

「俺からの最後の誕生日プレゼントかもしれないから。格好つけさせてもらった」

岡崎はひと息にそう言うと、表情を和らげ晴れやかな笑みを浮かべた。

「最後？」

美月は目を瞬かせた。意味がわからない。

「最後、だろうな。だけどれん君の初めての時計は俺からのプレゼント。桜井さんに悔しがられそうだけど、それくらいの意地悪なら別にいいよな」

「あの、それってどういう意味ですか……？」

そう問いながらも、岡崎の真意がじわじわと伝わってくる。

美月がはっきりと口に出せずにいる答えを、察しているのかも知れない。

「有坂のことは、今も好きだし俺にしろって気持ちは変わってない」

岡崎はゆっくりと口を開き、改めて言い聞かせるように美月に告げる。

「だけど桜井さんと、というより父親と一緒にいるれん君のあれだけ幸せそうな顔を見せられたら、俺にしろとは言えないだろ」

岡崎の切なげな目に、美月は胸が痛むのを感じた。

「桜井さんもデレデレで、れん君のことを大切にしてるってひと目でわかった」

「たしかに、それはそうなんです」

蓮人が自分の息子だと知ってからは、まるで離れていた時間を取り戻そうとしているかのように、蓮人を可愛がっている。

「有坂のことも独占欲だらけの目で見てるし」

岡崎はからかい交じりにそう言って、肩をすくめた。

「俺は有坂とれん君、ふたりとも好きなんだ。ふたりが揃って幸せになる未来に俺は必要ない」

自分に言い聞かせるようにそう口にすると、岡崎は大きく息を吐き出した。

「俺もずっとこの店にいるわけじゃないし。だから最後のプレゼント」

「でも……もしもここから離れても蓮人とは……いえ、そう、ですね」

美月は言いかけていた言葉を飲み込み、唇をかみしめた。

入社してから今日まで、状況は変われど近くにいてくれた岡崎。たとえ互いの勤務地が変わっても、縁が続くと思い込んでいた。

「これが、有坂を幸せにするための俺の戦略。なかなかの策士だと思わないか？」

「岡崎さん……」

美月は目の奥が熱くなるのをぐっとこらえ、何度も頷いた。

ここでも美月を困らせないようにと心を配る岡崎の優しさが、胸に響く。

この優しさに今までどれだけ救われてきただろう。

「とはいってもやっぱりれん君はかわいいし、会いたいし。店に連れて来てくれ」

ふたりきりの店内に、張り詰めていた空気を解きほぐす岡崎の朗らかな声が響く。

「も、もちろんです。蓮人も、岡崎さんに会いたいはず……」

今にも零れ落ちそうな涙をこらえ、美月は笑顔をつくって見せた。

十二月一日。

蓮人の三歳の誕生日当日。朝から快晴で、雲ひとつない青空が広がっていた。

早朝から美月の自宅に碧人がお祝いに駆けつけてくれて、蓮人はご機嫌だ。

「れん君、すぐに測るからちょっとだけじっとしてね」

美月は蓮人に言い聞かせると、玄関脇の壁に貼り付けている身長測定用のスケールの前に立たせせた。

毎月一日の朝にはこうして蓮人の身長を測っているが、誕生日の今日は普段よりも気合いが入る。

蓮人は慣れたもので、美月の言葉に素直に従ってスケールの前に立ち背を伸ばした。

「九十六センチ。れん君、去年より九センチ伸びてる。すごいねー。服が着られなくなるのも当然だね」

美月は蓮人の頭をなでた後、タブレットに数字を入力した。

三歳男子の平均身長よりも上回っていて、先月からの伸びは一センチ。このまま順調に成長すれば、碧人を抜くのはあっという間かもしれない。

「だったらあと八十八センチで俺に追いつくな。その日が待ち遠しいよな。こっち向いて」

様子を見守っていた碧人がスマホで蓮人の写真を撮り始めた。

「少し待ってもらえますか？」

美月は足もとに置いていた日付入りのカードに身長と体重を記し、蓮人に手渡した。

「それをいつもみたいに。そうそう、上手」

蓮人がカードを胸の前で掲げるのを確認して、美月は碧人に声をかけた。

「すみません。何枚か撮ってもらえますか？　毎月のルーティンなんです」

「あ、ああ。わかった」

「……碧人先輩？」

気のせいか、碧人が一瞬目を伏せたように見えた。

「ん？　任せてくれていいぞ。それにしてもこれっていい考えだな。写真を並べるだけでどれだけ成長したか、ひと目でわかる」

「そうなんです。姉がやっているのをそのまま真似てるんですけど」

見間違いだったようだ。碧人は「イケメン君、こっち向いてくれ」と蓮人を明るくおだてながらベストショットを狙い始めた。

「ままー、早く一緒にー」

やがて十分に写真を撮り終えたあたりで、蓮人が美月を手招いた。

最後にふたり並んで撮るのがルーティンの締めくくり。美月は三脚に固定した一眼レフをセッティングし、ファインダー越しに蓮人の位置を確認する。

「れん君、そのまま」

今日は普段とは少し違っていつもよりほんの少し引きで撮影する。

これまで毎回蓮人の右側に美月が立っていたが、今日は左側に碧人に入ってもらうつもりだからだ。

「写真なら俺が撮ろうか？」

セッティングを終えた美月に、碧人が声をかける。

「いえ、それはタイマー予約にお任せです。それに碧人先輩にお願いしたら、蓮人が怒ります。碧人先輩と写真を撮るって楽しみにしてるから」

「さっく、早くー。ニッコリしよう」

蓮人はスケールの前の自分のポジションをしっかり守りつつ、碧人に早く来るよう左側を指差した。

「でしょう？」

美月はふふっと笑う。

「ニッコリって、え、俺が入っていいのか？　でもルーティンなら今までどおりふたりで撮った方がいいんじゃないのか？」

「今月からルーティンをリニューアルしようって蓮人と決めたんです。毎月一日は三人で写真を撮るってどうですか？」

「どうですかって、俺はもちろんいいけどっていうか、いいのか？」

碧人は美月と蓮人を交互に見やり、期待に満ちた声をあげる。

「もちろん」

「さっく、いっしょにニッコリしよう」

待ちくたびれた蓮人がぴょんぴょん跳ねながらぐずぐず言い出した。碧人にだけ見せる甘えた口ぶりに美月は苦笑する。

「タイマーは十秒です。碧人先輩、れん君の左にお願いします」

二の足を踏む碧人の背中を押し出しながら、美月はタイマーをスタートさせた。

「さっくはこっち、ままはこっちー」

美月と碧人はご機嫌な蓮人の隣で膝をつくと、カメラに向かってニッコリ笑った。

すぐに映りを確認してみると、弾けるような笑顔の蓮人とぎこちない笑顔の碧人。

そして、碧人と蓮人を気にして横を向いた瞬間の美月の間が抜けた顔。

それでも自分でも驚くほどの幸せそうな眼差しを、ふたりに向けていた。

「お誕生日おめでとう。これは俺からのプレゼント」

碧人は綺麗にラッピングされた大小ふたつの包みをラグの上に並べた。

「ありがとう」

蓮人は少し照れ気味に碧人に答えると、まずは大きな包みに手を伸ばした。

「さっく、これなあに？」

「なんだろうな」

碧人はもったいぶった声で答えながら蓮人と一緒に包みを解いていく。

「あ、ブルー。まま、ブルーがあった」

中から出てきたブルーインパルスの模型を見て、蓮人は目を輝かせる。蓮人が持つには少し大きな全長三十センチほどの模型だ。

子ども向けの単純な仕様で、怪我がないよう配慮されているのか丸みを帯びたフォルムがかわいらしい。

そしてもうひとつの包みから出てきたのは乗り物図鑑。今まで蓮人が読み込んでいた図鑑よりも少し分厚く、紹介されている種類も多い。

「ありがとうございます。今の図鑑はかなりボロボロだから、うれしいです」

「知ってる」

碧人はクスリと笑う。

「れん君、よかったね」

蓮人は大きく頷くと、「ありがとー」と声をあげ満面の笑みを浮かべた。

「あとでゆっくり見ようか。先にれん君が好きなカニコロを食べよう」

「はーい。カニ、カニ」

蓮人は図鑑を手にしたままダイニングにパタパタと駆け出した。


テーブルには美月が早朝から準備した料理が、湯気を上げずらりと並んでいる。

蓮人は目の前に置かれたカニクリームコロッケに「やったー」と喜び、プレゼントされたばかりの図鑑を抱きしめながら、目をキラキラさせている。

「これ、美月が？」

「蓮人の好物ばかりで申し訳ないんですけど、一応、あの」

美月は一瞬口ごもると、碧人の手元にもコロッケが乗った皿を並べた。

「今もそうだといいんですけど、碧人先輩、カニが好きでしたよね。これ、カニクリームコロッケです。実は蓮人も大好きなんです」

高校時代、碧人は食べ物の中でカニが一番好きだと言っていた。

「カニは今も不動の一位。こっちはおいしいから、この時期はカニ三昧。だけどよく覚えてたな」

「実は最近思い出したんです。蓮人もカニが大好きで、姉が持ってきてくれたカニをせいろ蒸しにして出したら黙々と食べてました。碧人先輩に見た目だけじゃなくて食の好みも似てるからびっくりして。遺伝子、あなどれませんね」

「遺伝子か。だったら俺も子どもの頃は乗り物が好きでミニカーを山ほど集めてたな。今の蓮人に似てる」

「やっぱり、そうなんですね」

碧人と再会してからというもの、蓮人が見た目だけでなく性格や嗜好も碧人に似ていることに何度も驚いている。

そのたび碧人に蓮人の存在を知らせることができてよかったと安堵し、同時にふたりを長く引き離していたことを後悔している。

「ままー、食べていい？」

蓮人が早速フォークを握りしめ、そわそわしている。

「じゃあ、食べようか。でもその前に、碧人せん……サックが持ってきてくれたケーキにふーしようね」

美月は蓮人の手から図鑑を引き取りテーブルの端に置くと、碧人が用意してくれたバースデーケーキの三本の青いローソクに火を点けた。

艶のある苺がずらりと並び生クリームたっぷりのホールケーキには『れんとくん3さいおめでとう』と描かれたチョコプレートがデコレートされていて、おいしそうだ。

「れん君、三歳おめでとう」

美月の声を合図に蓮人が三つの炎を順に吹き消していく。

「へへっ」

蓮人は碧人が加わった誕生日のお祝いに、満足そうな笑い声をあげた。

「まま、おいしい」

「ん、美月、すごくうまい」

おいしそうにコロッケを頬張る顔も、ふたりはそっくりだ。

「まだまだあるのでいっぱい食べてください」

「美月も今のうちに食べたら？　いつも蓮人がいるからゆっくり食べてないよな」

「慣れてるから大丈夫です。それに平日はお店でしっかり食べてます。管理栄養士を目指してるバイトさんが用意してくれるまかないが絶品で」

管理栄養士になるまでには病院や介護施設での大量調理の実習もあるらしく、その勉強も兼ねてまかないを用意してくれるのだが、栄養価計算がされているうえに味も極上。レシピを教えてもらって家で蓮人に作ることも多い。

「店長……岡崎さんも作ったりするのか？」

食事の手を止め、碧人が口を開く。

「そうですね、時々ですけど。ひとり暮らしが長くて料理が得意らしくて」

不意に出た岡崎の名前に、美月は戸惑いつつ答えた。

「彼、独身なのか？」

探るような碧人の声に、美月はわずかに視線を揺らし頷いた。

岡崎には気持ちには応えられないと伝え、碧人との事情も正直に話している。だから後ろめたく感じる必要はなく、わざわざ碧人に報告することでもない。

それがわかっていても、やはり碧人の口から岡崎の名前が出るとドキリとする。

「意外ですよね。本社でも女性人気抜群で、異動の時にはかなりざわついたんです」

落ち着いた口調を意識しながら、美月は答えた。

「この間はお店でアメリカンドッグを作ってくれて。おいしかったよねー」

「おいしかったー」

美月に声をかけられて、蓮人はわかっているのかいないのか元気に答える。

「まま、ごちそうさま」

蓮人はケーキや料理をひととおり食べて気が済んだのか、図鑑を抱えてリビングに行ってしまった。

ブルーインパルスの模型が気になって仕方がなかったようだ。

「アメリカンドッグ……。そうか、よかったな」

「碧人先輩？」

心なしか感情が見えない碧人の声に、美月は首をかしげた。

「いや、頼りになる上司ってとこだな」

「そうですね。こっちに来るまではやっぱり不安だったんですけど、岡崎さんのおかげですぐになじめて。感謝してます」

その言葉に嘘はない。

今も岡崎の態度はこれまでと変わらず、美月と蓮人を気にかけてくれている。

「感謝してもしきれないくらいです」

それでも岡崎の気持ちには応えられない。

もちろん碧人が好きだからだ。

今日蓮人の誕生日を一緒に祝うという極上の時間を過ごしながら、何度も実感した。

「どうかしたのか？」

「いえ、なんでも。あ、飲み物のおかわり持ってきますね」

美月は熱くなった顔を逸らし、慌てて椅子から立ち上がる。

誰より碧人が好きだとばれてしまいそうで、照れくさい。

「車だから、次も炭酸水かお茶にしますか？　ノンアルのビールもありますよ」

「それはあとでいい。先に相談したいことがあるんだ」

「相談？」

碧人はテーブルの端に置いていたタブレットを手に立ち上がると、美月の隣に腰を下ろした。

「昨日いくつか送られてきたんだ」

「これ、間取り図ですね」

画面に表示されているのは、家の間取り図だ。同居を決めてすぐに、碧人が知り合いの不動産屋に依頼して物件を探してもらっているが、早速送られてきたようだ。

「どれも新築か築浅で、間取りも設備も悪くない。ただ、美月のカフェには今より遠くなる。車で十五分程度だけど、どうだ？」

「大丈夫です。もともと蓮人と遠出したくて車を買うつもりだったので、平気です」

提案された物件は、どれも蓮人が通う保育園にも途中で寄れる立地だ。問題ない。

「それより碧人先輩は基地まで大丈夫ですか」

「距離は今と変わらないし、大丈夫。美月たちに問題なければそれでいい。それより」

碧人は不意に言葉を区切ると、表情を引き締め美月に向き合った。

「早いタイミングで、美月のご家族に挨拶させてもらえないか？」

「挨拶、ですか？」

「一緒に暮らす報告がしたいし、まずは蓮人のことで今まで心配をかけたこと、謝らせてほしい」

「それは、違います。蓮人のことは私がひとりで決めて勝手に。碧人先輩はなにも知らなかったのに謝らなくていいです」

謝るべきは碧人だけでなく碧人の家族にも蓮人の存在を黙っていた、美月の方だ。

「それに蓮人は絶対に産むって決めていたし」

大切な命だ。産むという以外の選択肢はなかった。なにより愛する碧人の子どもだ、無事に産むこと以外考えられなかった。

「碧人先輩が気にする必要はなくて――」

「そういうわけにはいかないんだよ」

碧人は言い聞かせるようにそう言って、頷いた。

「知らなかったっていうのはずるい言い訳だ。自分の子どもを三年近くも美月に押しつけていたんだ、ご両親は心配したはずだし、俺を恨んでいてもおかしくない。まずはそのことを謝りたいし、この先は安心して俺に任せてほしいとお願いするつもりだ」

「碧人先輩……」

「俺に美月と蓮人を任せてもらえるまで、何度でも頭を下げる」

「そんな」

碧人の目に断固とした決意が見えて、美月は胸がいっぱいになる。ここまで自分たちのことを考えてくれているのがうれしくて、目の奥も熱い。

「わかりました。両親と姉に伝えてみます」

家族からは今まで何度も蓮人の父親について問われ、父親としての権利を取り上げるなと諭されてきた。なにもかもをひとりで抱え解決しようとする美月の性格を知っているだけに、そう言わずにはいられなかったのだろう。

碧人のことを話せば、その日のうちにでもやってきそうだ。

「だったら私も碧人先輩のご家族にご挨拶させてほしいです」

たしかふたりとも都内に住んでいると聞いた記憶がある。

「そうだな」

　碧人はふっと息を吐き、肩をすくめた。

「バカ息子って怒鳴られそうだけど、その通りだし甘んじて受け入れるよ」

　美月の前向きな答えに安心したのか、碧人は砕けた口調でそう言って笑う。

「バカ息子なんて、あり得ないです。優秀なパイロットなのに……あ、あれ」

　美月の目尻から、今度こそ涙が零れ落ちた。

　新しく暮らす家の話まで具体的に出ているのに、今の今まで一緒に暮らすという実感がなかったのだ。

　現実の話とは思えなくて、夢を見ているようだった。

　今こうして家族に報告できることになって、この先蓮人と三人で生きていけるのだとようやく実感できた。

「泣かせてごめん」

　碧人は表情を曇らせ、美月の頬を流れる涙を指先で拭う。

「ごめんなさい、大丈夫です。泣くつもりはなくて」

　自分でもよくわからない。泣く理由などないのに、涙が止まらない。

「本当にごめん。今までひとりで不安だったよな。申し訳ない」

「全然っ。不安なんて、ちっとも」

美月は手の甲で目元を拭い、笑ってみせる。

「不安より蓮人と一緒にいられる幸せの方が大きくて、一度も泣かなかったのに」

止まる気配のない涙の理由がわからない。

「どうしてかな、今すごくうれしいのに」

涙は止まるどころか勢いを増して頬を伝い、スカートに丸いシミができる。

「えっ？　あ、碧人先輩？」

気づけば力強い手に引き寄せられた身体は、碧人の膝の上で横抱きにされている。

「泣いていい。今まで泣く余裕もないくらい、必死で蓮人を育ててきたんだ。もう、我慢しなくていい。これからは俺がいるから我慢するな。泣きたいだけ泣いていい」

「そんな……でも、私、全然つらくなかった……っく」

強気で反論しながらも、しゃくり上げてばかりで説得力はない。

美月は碧人の手の温もりを背中に感じながら、何度もひくひくと肩を揺らした。

やがて落ち着きを取り戻し、妊娠がわかってから今日までずっと気を張っていたのだと気づいた。

「ずっと泣かせてあげられなくて、申し訳ない」

碧人の絞り出すような声に、美月は首を横に振る。泣けなかったとしても、だからといって不幸だったわけじゃない。むしろ蓮人がいるだけで十分幸せだった。

「碧人先輩」

泣いていいと言ってくれる碧人の気持ちがうれしくて、だらりと下げていた手を碧人の背中におずおずと回した。

仕事柄鍛えられた身体は見た目よりも厚くて硬い。抱きしめられると守られているようで安心する。

「美月……」

碧人のくぐもった声が聞こえ、耳元に熱い吐息が触れる。

「んっ……」

美月は思わず声を漏らし、身体を小さく震わせた。あっという間に全身が熱くなる。

「私……」

碧人の顔が見たくて顔を上げると、真剣な表情を浮かべた碧人と目が合い心臓がバクバクと音を立て始めた。

「碧人先輩のことがずっと……」

目の前に迫る碧人の端整な顔に、美月は照れてそれ以上なにも言えず目を泳がせた。

「そろそろ先輩呼びはやめないか？」

碧人は美月の目を追いかけながら、困ったように笑う。

「わかりました。えっと……あ、碧人さん」

頭の中では何度もそう声をかけていたが、実際に口にすると照れくさくて緊張する。

「やっぱりその方が家族って感じでいいな」

碧人はにこやかにそう答え、碧人の胸に置かれていた美月の手をそっと握りしめた。

「そ、そうですね」

重なった手の温もりを感じながら、美月は口ごもる。

わかっているが、なかなか〝碧人さん〟には慣れず、つい先輩と続けてしまう。

「美月」

碧人は表情を整え、美月の身体をそっと引き離した。

「愛してる。だから、一緒に暮らすだけじゃなくて俺と結婚してくれないか？」

「あ、あい……私のこと、ですか？　それに、結婚」

美月は初めての言葉に掠れた声をあげた。驚きで心臓が激しく鳴っている。

「美月以外、他に誰がいる？」

心外だとばかりに碧人はため息を吐き、うなだれた。

「俺は美月以外の誰とも結婚するつもりはないし、幸せになれるとも思わない」

まるで子どもに言い聞かせるように、碧人は一語一語ゆっくり話す。

それだけで碧人が冗談を言っているわけではないとわかる。

「愛してる。二度と離したくない」

美月は息をのみ、身体を震わせた。

「何度も後悔した。少なくとも三年前なら美月を手放さずに済むやり方があったはずだ。それをふたりで考えていけばよかったんだ」

「でも、それは……。私の方が弱くて逃げ出したんです」

少なくとも妊娠したことを伝えるべきだった。

「だからもう二度と美月から離れないし、苦しめるようなことはしない。なにがあっても俺が守るし幸せにする。次に再会できたら絶対にそうすると決めていたんだ」

碧人の想いの強さが胸に響く。

「この十年以上、美月を思い出さない日はなかった」

わずかに落ち着きを取り戻した碧人の声に、美月は互いの視線を合わせた。

「私も、忘れられなかった」

成長するにつれてどんどん碧人に似てきた蓮人を見るたび思い出しては、幸せを感じたり寂しくなったり。時には涙を流したり。

忘れようとどれだけ努力しても、一日として碧人を思い出さない日はなかった。

「美月」

碧人は美月の身体をそっと引き離し、射貫くような目で見つめる。

「愛してるよ。一緒に暮らしながら美月の気持ちが俺に追いつくまで待つつもりだったが、それは無理だ」

「私――」

私も、と答えたくて口を開こうとした時。

「ん……っ」

碧人の熱い唇に、美月の唇はあっという間に塞がれた。

互いの唇を押し付け合い、熱を重ね、美月は膝立ちで碧人にしがみつく。

「碧人さ……ん」

ずっとそう呼びたいと願っていた。

けれどいざ再会しても、碧人には大切な人がいると誤解して呼べなかった。

これ以上碧人を好きになりたくないと、無意識に距離を取っていたのかもしれない。

「愛してる。結婚しよう」

その答えなら、とっくに決まっている。

「はい。喜んで。私も……愛しています」

そう告げた途端、美月はあまりの照れくささに目を閉じさらに強く碧人の首にしがみついた。

幸せだ。

今夜だけじゃない、これからずっと、碧人と一緒にいられる。それがどれほど幸せなことかを実感して、泣きそうになる。

愛しているの言葉。そしてプロポーズ。

今日から碧人と蓮人とともに生きていく、三人の幸せな日々がスタートを切った。

第四章　三人家族になりました

「桜井美月って、芸能人みたいな名前ですよね。名前負けしていて照れくさいです」

美月は頬を熱くし、つぶやいた。

とはいえ、ついさっき家族三人で役所に出向いて婚姻届を提出したばかり。有坂から桜井に名字が変わったという実感はまだない。

ただ照れくさくて恥ずかしくて、そして想像していた以上に心は浮き立ち満ち足りている。総じて幸せ、ということだ。

たった紙切れ一枚のこと。それはなくてもかまわないと考える知り合いがいるが、美月に限って言えば、違っていたようだ。

碧人のパートナーとして生きる後ろ盾を社会から与えられたような安心感。そして今まで感じたことのない心強さを手に入れたような気がしている。

「名前負けなんてそんなことないだろ。美月なら、望めばアイドルでも女優でも通用すると思うぞ」

「またそんな冗談。アイドルとか、通用するわけないです」

碧人のリップサービスを聞き流して、美月はクスクス笑う。

「冗談じゃないんだけどな。父さんからもお前は面食いだったんだなって真面目な顔で言われたし」

「それもお義父さんの冗談です。あ、私バカ息子って言葉、初めて聞きました」

美月は碧人の父を思い出し、苦笑した。

先週、日葉里の嫁ぎ先である旅館で双方の家族の顔会わせを兼ねた食事会を開いたが、碧人の父は碧人の顔を見るなりそう言って怒鳴りつけ、美月や美月の家族に何度も謝罪し頭を下げ続けていた。

それは美月の家族も同様で、碧人の両親に謝罪の言葉を何度も繰り返していた。

『うちのバカ息子のせいで申し訳ありません』

『いえいえ娘が勝手なことを。本当にすみません』

しばらく続いた謝罪合戦は、その後運ばれてきた旅館自慢の料理とおいしいお酒、そしてなにより蓮人の笑顔のおかげでいつの間にか終止符が打たれ、気づけば笑い声が飛び交う時間が流れていた。

美月たちの結婚を反対する声はなく、蓮人のこともあるのですぐにでも婚姻届を提出するよう諭され、無事に今日を迎えたのだ。

「うちの父親、予想通りだっただろ」

碧人は苦笑交じりにそう言って、小さく肩を揺らした。

「予想通り……そうですね」

美月も口元をほころばせた。

予想通り、碧人によく似た端整な顔立ちの素敵な男性だった。

見た目だけでなく責任感が強く頼りがいがあるところもそっくりで「美月さんと蓮人君のこと、必ず幸せにするんだぞ」と碧人に言い聞かせる厳しい表情に、つい見とれそうになった。

そしてそれに答えるように美月の家族に碧人が伝えた迷いのない真摯な言葉にも、ひどくときめいた。

『今まで美月さんに苦労をかけたこと、本当に申し訳なく思っています。それを償うためにもこれからはふたりを幸せにするつもりです。仕事柄家を空けることは多いですし、危険が伴う仕事です。間違いなく苦労をかけると思いますが、ふたりと一緒に生きていこうと思っています』

その言葉を思い返すたび、鼓動が速くなる。

「そ、それに我が家のアイドルはやっぱりれん君。今日もかわいい」

美月はぽっと熱くなった頬をごまかすようにそう言って、碧人と手をつないで歩く蓮人に笑いかけた。

蓮人は三歳を過ぎてから一段と力強く歩くようになり、顔立ちもますます碧人に似てきた。

「蓮人は保育園でもアイドルらしいな。女の子にも男の子にも人気があるって保育園の先生が言ってたぞ。それは当然だよな。なんといっても俺の息子だからな」

碧人は胸を張り誇らしげにそう言うと、蕩けるような優しい目を蓮人に向けた。

結婚すると決めてから一度だけ、訓練を終えた碧人とふたりで蓮人を保育園に迎えにいったのだ。

碧人を見つけた蓮人が見せたとびきりの笑顔。美月の心に一生残るはずだ。

「俺の自慢の息子。正真正銘俺の息子だからな」

今日、婚姻届と一緒に蓮人の認知届も提出して、法律的にも蓮人は碧人の子だと認められた。それがよほどうれしいのか、碧人は〝俺の息子〟と繰り返しては蓮人を優しく見つめている。

「俺の息子？」

ふと背後から声が聞こえ、振り向いた。

目の前に、パンツスーツがよく似合う長身の女性が立っている。切れ長の涼しげな目が印象的な美しい女性。ショートカットがよく似合っている。

三十代半ばくらいだろうか、碧人に険しい表情を向けている。

「お久しぶりです。桜井一尉によく似た方がいらっしゃるなと思ったら、ご本人だったんですね。驚きました。お元気ですか」

碧人の知り合いなのか、女性はそう言いながら碧人との距離を詰める。

「おかげさまで。木島さんとはラストフライトの時以来ですね。そういえば、ブルーのフライト記録の雑誌、わざわざ送っていただいてありがとうございました。基地で受け取らせていただきました」

「木島？」

聞き覚えのある名前に、美月は小さく反応する。

「いえ、取材に協力していただいた皆さんにご用意するのは当然です。それに桜井一尉の人気のおかげで売れ行きも好調らしくて、お礼ならこちらの方が申し上げるべきなんです。ところで、あの、こちらは……？」

木島は美月と蓮人を交互に見つめ、訝かしげに問いかける。

「ああ、紹介が遅れましたね。妻の美月です。そして息子の蓮人。今月三歳になったばかりです」

「妻……息子？」

木島は顔色を変え、信じられないとばかりに目を瞬かせている。

「美月、こちらはカメラマンの木島忍さん。航空機の写真を撮られていてブルーインパルスも長く記録してくださっているんだ」

「木島忍さんって……あっ」

その名前なら何度か目にしたことがある。蓮人のために手に入れたブルーインパルスの雑誌や写真集に、その名前がクレジットされているのだ。

「木島さんって……あの木島忍さん？」

まさか女性だったとは思わず、美月は瞬きを繰り返す。

「美月？」

「あ、ごめんなさい」

美月は我に返り、慌てて腰を折る。

「初めまして、妻の美月です。いつもお、夫がお世話になっております」

言い慣れない夫という言葉に顔が熱くなる。

同時に碧人の妻になったのだと実感して、胸に温かいなにかが広がっていく。

「……初めまして。木島です。桜井一尉にはいつも親しくしていただいています。それにしても、妻って……」

腑に落ちないとでもいうような冷たい声に顔を上げると、木島が眉間に皺を寄せ美月を眺めていた。

「結婚する予定はないと言い続けていたから驚きましたよね。実は今婚姻届を提出したばかりなんです」

「そんなっ。じゃあ、この男の子は？」

木島は美月の手を握り不安げに様子をうかがっている蓮人をチラリと見る。

「僕の息子です。事情があって今まで離れて暮らしていましたが、これから三人で暮らす予定です」

「でも今までそんな話、なにも聞いてない……」

よほど驚いたのか、木島の声は微かに震えている。

「木島さん？」

「いえ、すみません。ただ突然すぎて驚いてしまって」

木島は動揺を隠すように、表情を整えた。

「だけど、結婚……おめでとうございます。ファンの方が知ったら驚くでしょうね」

「そうですね。でも今はドルフィンライダーではありませんし、ファンの方は後任を応援してくださっていると思います。それに僕以外のメンバーが全員結婚しているので心配をかけているようだったので、喜んでもらえるはずです」

碧人は丁寧に、そして淡々と答える。

「でもあまりにも突然でまだ信じられません。事情っていったいなにが——」

「木島さん、すみません」

木島の言葉を、碧人は遮った。丁寧ながらもきっぱりとした声に、木島は一瞬ひるみ、顔を歪めた。

「これから予定があるので失礼します」

「は、はい」

木島は眉を寄せ、唇をかみしめた。

「木島さんもお仕事がんばってください。それでは、これで」

「あ、あの」

蓮人を抱き上げた碧人に、木島が慌てて声をかける。

「あの、小松基地に赴任されたんですよね。以前のようにF—15に乗られているんですか？　それにいずれアグレッサー部隊に呼ばれたりは……あ、いいえ」

木島は表情を消した碧人にハッとし、言葉を飲み込んだ。

「立ち入ったことを、すみません」

「いえ。今も隊員として、精一杯任務を果たしています」

気まずげに視線を逸らした木島に、碧人が静かに答えた。任務の詳細は口に出せないのか、表情は固い。

「さっく？」

待ちくたびれた蓮人が碧人の腕の中から声をかけた。

「ああ、ごめん。待ちくたびれたな。じゃあ、バスに乗りに行こうか」

碧人はあっという間に表情を和らげ、蓮人の頭をくしゃりとなでた。

目尻を下げ愛おしげに蓮人を見つめる碧人を、木島が目を丸くし見つめている。

「やったー」

蓮人は碧人の首にしがみつき笑い声をあげる。

「さっくとバスに乗るー」

両足をバタバタさせはしゃぐ蓮人を、碧人が必死で抱き留めクスクス笑う。

「美月、急ごう。蓮人、バスに乗るまで落ち着きそうにないぞ」

「そうですね。あー、蓮人、落ちるからおとなしくして」

三歳の男の子の力は甘くない。美月は慌てて両手を伸ばし、大きく身体を反らしてふざけている蓮人の背中を支えた。

「もう、サックと一緒だといつも甘えて……碧人さん、ごめんなさい」

多少落ち着いてきたが、相変わらず蓮人は碧人に甘え放題だ。

もともと蓮人は〝サック〟のことが大好きだが、何度も顔を合わせる中で子どもながらに感じるものがあるのだろう。

無意識にしろ碧人の気を引いて、状況をうかがっているのかもしれない。

「木島さん、これで失礼します」

「は、はい。でも、あの――」

碧人はまだ納得できていない様子の木島を残し、あっさりその場を離れた。

「失礼します」

美月も慌てて頭を下げ、手を差し出して待つ碧人のもとへ足を向けた。

木島の視線が追いかけているような気がしたが、すぐにそのことは頭から抜けた。

「ままー。おなかすいたー」

蓮人が碧人の腕の中でぐずぐず言い始めたのだ。

お茶を飲ませつつなだめるのに気を取られてしまい、ようやく蓮人が落ち着いた時にはもう、そこに木島の姿はなかった。

「木島、忍さん」

駅に向かって歩きながら、美月はぼんやりつぶやいた。

「木島さんがどうかしたのか？」

碧人は蓮人の手を引きながら、美月の顔を覗き込んだ。

「いえ。ただ、彼女のことなら私、知ってました。といっても名前だけですけど。ブルーインパルス関連の雑誌とか写真集に彼女の名前をよく見るんです」

「ああ、いい写真を撮るから色々声をかけられてるって聞いたことがあるな」

「わかります。印象的な写真が多くてついつい見入っちゃって」

とくに碧人が乗っていたブルーインパルス四番機の写真を見つけると、つい目を凝らして見ていた。

「女性だったんですね。名前を見て男性だと思ってました」

「隊の中でも誤解する隊員は結構いたな」

「ですよね。だけど写真だけでなくご本人もあんなに綺麗な方だったんですね。おまけにカメラマンとして成功して自立しているし。圧倒されそうです」

それに、と美月は内心思いを巡らしため息を吐く。

木島はきっと碧人のことが好きだ。碧人が結婚したと知ってもそれに納得できないとばかりに何度も食い下がっていた。

急な話で驚くのはわかるが、彼女のそんな強気な性格にも圧倒されそうだ。というより圧倒された。

「たしかに木島さんはカメラマンとして自立してるな」

「やっぱり、そうですよね」

碧人も木島に一目置いているのかもしれない。そのことに思いがけず落ち込んだ。

「だからって彼女に圧倒されなくていい。美月も仕事を続けながらひとりで蓮人を育ててきたんだし。俺は美月のその強さに何度も圧倒されてる。〝美月は美月〟だろ?」

つないだ碧人の手に力がこもる。

「ただ、これだけは覚えておいてほしいんだが。もしもこの先木島さんと関わる機会があっても意識しないでいいし、俺に気を遣って無理に付き合う必要もない。ブルーから離れた今はもう、俺と直接関わる機会はないはずだし」

「は、はい」

これまでにない語気の強さに反応して、美月は勢いよく頷いた。

「もしもなにかあれば俺に言ってくれ」

「……わかりました」

碧人に淡々と諭されて、木島のことで沈みかけた気持ちが上向いていくのがわかる。

〝美月は美月〟そう言ってもらえると前向きにもなれる。

とはいえ碧人に向けていた木島の眼差しを思い出すと、胸がざわめき落ち着かない。

美月は手をつないだままそっと碧人を見上げた。

どこをどう切り取っても端整な顔と鍛えられた身体。そしてイーグルドライバーという特別な任務に就いている。

木島のように碧人に憧れる女性は他にもいるはずだ。

「まま、バスがいっぱい走る」

駅が近づきロータリーに入ってくるバスを見つけた蓮人が、声をあげた。

「あの赤いバスに乗ろうか。おいしいハンバーグを食べに行こう」

これから三十分ほどバスに乗って、地元で有名だという洋食店に行く予定だ。

「ポテトも？」

「あるよ。ほくほくでおいしいぞ」

「やったー。さっく、早く。ままも」

蓮人と碧人が手をつないでバスに向かって急ぐ。

美月は頭に浮かぶ木島の顔を脇に押しやり、ふたりを追いかけた。

週明け、美月は午前中仕事を休んで美容院で髪を整えてもらっていた。

出産以来、髪をカットするのは半年に一度くらい。日々の忙しさに追われてなかなか時間が取れないのだ。

両家の顔合わせの時にその状況を見かねた日葉里が強引に行きつけの美容院を予約してくれたので、急遽休みを取ったのだ。

美容院は午後から改装工事の打ち合わせで訪ねる工務店に近く、ちょうどよかった。

切り揃えた髪は肩より少し上で毛先が艶やかに跳ね、目鼻立ちがハッキリしている顔がさらに生き生きして見える。

「ありがとうございます。メイクまでしていただいて、すみません」

美月はセットが終わった自身の髪型を確認し頬を緩ませた。

久しぶりにヘアカットをしただけでなく、これから打ち合わせがあると聞いた美容師の計らいでメイクもしてもらったのだ。

「色白だからどの色も映えるけど、ピンクがすごくお似合い」

美容師は仕上がりを確認しながら満足そうに頷いている。

「アイメイクって久しぶり……」

美月は鏡に映る自身の顔をまじまじと見ながら、ぼんやりつぶやいた。

普段はいつもほぼスッピンで、フルメイクは本当に久しぶり。

「自分じゃないみたい」

鏡に映っているのは、淡いピンクが目元を彩り赤いルージュが唇で艶やかに光っている、まるで別人の自分。

髪もキラキラ輝いていて、動くたびにサラサラ揺れている。

「アイドルみたいでかわいい……あっ、いえ、違うんです」

思わず口にした言葉に美月は慌てた。それほどメイクの出来映えに満足したのだ。

「メイクの力ってすごいなと思ってびっくりして。プロのお仕事は違いますね」

「ふふ。ありがとう。素材が抜群だから、私も腕が鳴ったわ。旦那様もきっと惚れ直すはず。あ、写真を撮って旦那様に送るってどうですか？」

「いえいえ、そんな。私の写真なんて」

とんでもないと、美月は慌てた。

「どうして？　日葉里さんから聞いてるけど新婚さんですよね。絶対に喜ぶと思う。今すぐ送ってびっくりさせましょう」

「新婚ですけど、それとこれとは」

「いいからいいから」

美容師の思いつきに抵抗するも、結局美月のスマホで写真を撮られ、気づけば碧人のメッセージアプリに写真を送っていた。

あっという間にすべてが終わり、支払いを終えて美容院を出た途端。

美月は我に返りスマホをバッグから取り出すと、碧人と共有した写真を確認する。

華やかなメイクと手入れされた艶やかな髪。

照れくさくて仕方ないが、美容師の腕のおかげで見栄えがよくなった自分を碧人に見てもらえるのはやっぱりうれしい。

訓練中で既読はまだつかないが、どう思うだろうかとドキドキする。

すると美容院の隣の時計店のドアが開き、中から人が出てきた。

美月は邪魔にならないよう端に寄り、スマホをバッグにしまった。

「あなた、もしかして桜井一尉の……？」

不意に声をかけられ振り返ると、木島が目の前に立っていた。

時計店から出てきたのは彼女ともうひとり、連れらしい男性だった。

「木島さん……。あ、こんにちは。偶然ですね」

美月は木島ともうひとりの男性に、挨拶し頭を下げる。

「へえ、この間も思ったけど、要領がいいしたたかな女ね」

「……え？」

聞き間違いだろうか。

唐突にぶつけられた言葉が理解できず、美月は目を瞬かせた。

「あの」

まだ初対面に近い相手から言われる言葉とは、思えない。

「桜井一尉は知ってるの？　知ってるわけないわよね。自分が命を賭けて空を守っている時に、結婚してしまった相手がそんな派手なメイクで髪を整えて。それも平日の午前中から」

木島は呆れた声で言い放つと、なめるように美月の全身を眺めた。

「桜井一尉がかわいそう。結婚した相手がこんなあざとい女って。子どもまで押しつけられたうえに自分が知らないところで遊び歩いて。ファンの人が知ったらどうなることか」

「押しつけたって、違います」

まるで蓮人が碧人の子どもではないと信じているようだが、この間顔を合わせた時に誤解したのだろうか。

「あなたの息子、桜井一尉のことパパじゃなく〝サック〟って呼んでたわよね。それを聞いてピンときたのよ」

「それは……」

「ふん。あなたもドルフィンライダーの桜井一尉を追いかけていた女の子たちと一緒ね。だけど彼と結婚して子どもの面倒までみてもらえるなんて、うまくやったわね」

「あの、だから誤解です」

美月はたじろいだ。

この間顔を合わせた時の木島とはまるで別人。あまりの違いに理解が追いつかない。

「木島、なに一方的に突っかかってるんだよ。彼女って桜井一尉の奥さんなのか？　怖がらせてどうするんだ」

木島の隣にいる男性が、ピシャリとそう言って木島をたしなめた。

けれど木島はただ顔をしかめただけで、美月に向かって鼻を鳴らした。

「それもこの女の手なのよ。いいものを見せてあげる」

木島は意味ありげに笑うと、肩にかけていた大きなバッグからタブレットを取り出し手早く操作した。

「桜井一尉のラストフライトの時の写真よ。あなたと息子が柵の向こうに映ってるでしょ。桜井一尉にもお見せしようかと考えているの」

「は……？」

乱暴に目の前に出されたタブレットの画面を見ると、基地の敷地から少し離れた場所で蓮人を抱き空を見上げている美月が映っている。望遠とはいえはっきりと映っていて、見間違いようがない。

「あなた、桜井一尉の単なるファンだったのね。家族なら基地に招かれてフライトを見られるのよ。どんな手を使って桜井一尉にすり寄ったのかわからないけど、自分の子どもを押しつけるなんて、考えただけでぞっとする」

「違います。蓮人は碧人さんの――」

「碧人さんなんて呼ばないで」

木島の固い声に、美月はピクリと身体を震わせた。

「桜井一尉はね、この先戦闘機パイロットとしての成長が期待されているエースパイロットなのよ。私もファンの皆さんもずっと応援して、いずれアグレスの一員として空を飛ぶ彼の活躍を期待しているのに」

「アグレス？　ってなんのことですか？」

初めて耳にする言葉だ。

「そんなことも知らないで結婚したの？」

木島は大袈裟な仕草で肩をすくめた。

「あなたみたいにあざとい女に足を引っ張られるなんて、信じられない。桜井一尉の仕事のこと、どうせなにも知らないのよね」

「それは……」

美月は口ごもる。

「子どもを放り出して着飾る時間があるなら、少しは桜井一尉のことを理解するために努力すれば？」

「いい加減にしろ。言いがかりだろ」

木島の連れが、たまらないとばかりに声をかける。

「でも」

「黙ってろ。……本当にすみません。びっくりしましたよね」

「あ、はい……いえ」

一方的に責め立てられて、混乱している。誤解を解きたいがそれも難しそうだ。

ただ、木島が美月と碧人との関係を完全に誤解していて、ふたりの結婚に納得していないということは理解できた。

それに、彼女は碧人のことが好きだと改めて確信する。

「じゃあ、俺たちはこれで失礼します」

男性は木島の背中を押し、駅に向かって歩き出した。

「おい、取材も終わったから急いで会社に戻るぞ」

木島は男性にせき立てられながらも振り返り、美月に悔しげな視線を向けて立ち去った。

乱暴な足取りで駅に向かう彼女の背中が人混みに消えてすぐ、美月は詰めていた息を吐き出した。

突然のことに心臓が落ち着かず、トクトク音を立てている。

〝この先木島さんと関わる機会があっても意識しないでいいし、俺に気を遣って無理に付き合う必要もない〟

碧人に言われた言葉を思い出した。

木島に圧倒された美月を落ち着けるための言葉だと思っていたが、別の意味もあったようだ。

木島を意識しなくていいし、付き合う必要もない。

木島の性格や自分への気持ちに気づいていて、それでも美月が必要以上に気にしないよう遠回しに注意してくれたのだ。

「はあ……」

もう一度、美月は気持ちを整えようと深く息を吐き出した。

感情的に責められたことはもちろん納得できないが、碧人の仕事に限って言えば彼女の方が自分よりも理解しているのはたしかだ。

付き合いの長さを考えれば当然だが、自分とのあまりの差に落ち込んでしまう。

「アグレスって、なに？」

碧人に関係する言葉に違いないが、意味がわからない。

それ以外にもうひとつ。

美月は木島たちが出てきた店を見上げ、見覚えのあるロゴに目を凝らした。

それは碧人がお気に入りだといってプライベートで身に着けている腕時計のブランドロゴだ。昔海外の空軍が採用したことで名前が知られるようになったらしく、碧人も以前から憧れていたと言っていた。

木島たちはブランドの歴史的背景を意識して、この店を取材していたのだろう。

なにからなにまで碧人につながる木島の仕事ぶりを目の当たりにして、気が滅入る。

碧人の仕事について無知だと指摘されても、言い返せなかった。

今まで蓮人にせがまれてブルーインパルスの飛行映像を楽しむ程度で、深掘りしたこともない。

美月の知識など、木島と比べれば雲泥の差。

客観的に考えれば、自分よりも木島の方が碧人にふさわしい。

「アグレスって、なに？」

美月は力なくもう一度つぶやくと、とりあえず調べてみようとバッグからスマホを取り出した。

＊　＊　＊

「やっぱカッコいいよなー」

事務所で書類の提出を終えた碧人は、榎本の弾む声に視線を向けた。

視線をたどり窓の外を見ると、目に鮮やかな赤と緑の塗装を施した機体が着陸を終え滑走路上を進んでいた。続けて金と黒を基調にした重厚感のある塗装の機体が上空で着陸態勢に入っているのが見える。

両機はアグレッサー部隊と呼ばれる飛行教導群に配備されている、F―15戦闘機。戦闘機の訓練の際に目視で明らかにアグレッサーだと識別できるよう派手にカラーリングされている。

アグレッサー部隊は訓練で敵役を演じる部隊で、毎年各基地を巡回し教導と呼ばれる訓練を実施する。

部隊から選抜されたパイロットと模擬戦闘ともいえる対戦を最強のテクニックで淡々と行い、厳しい教訓や指摘を残す。

航空自衛隊最強と言われ、他とは比べものにならない技量を持つ集団。それがアグレッサー部隊で、隊員たちからは、尊敬の念を込めてアグレスと呼ばれている。

「俺はやっぱ赤と緑だな。クリスマスみたいでワクワクするよな」

「ワクワクって、子どもか?」

碧人は榎本のはしゃいだ声を聞きながら、ブルーインパルスの模型を手に飛び上がって喜んでいた蓮人を思い出した。

三歳になったばかりの蓮人によく似ている三十路半ばの榎本。それも一児の父。

その事実に碧人は苦笑する。

榎本は子どもの頃から戦闘機が好きで、その延長で航空自衛隊員を目指したという筋金入りの戦闘機好き。毎日戦闘機を間近に見られるだけでなく操縦できることに最高の幸せを感じているらしい。

とくにアグレッサー部隊に配備されている派手な戦闘機はダントツ一位のお気に入りで、今も原色まばゆい機体を瞬きも忘れ見入っている。飛行訓練を無事に終えたばかりで気が高ぶっているせいかもしれない。

「本当、相変わらずだな」

碧人の言葉に榎本はにんまり笑う。

「相変わらずカッコいいから仕方がない」

打てば響くように返ってくる答えも相変わらず。

「まあ、いいけどな」

蓮人は肩をすくめクックと喉の奥で笑った。

「だけど俺は見てるだけで満足。あれに乗るのは桜井に任せるよ。この間選抜されてたアグレッサーとの訓練も、結構いい成績だったんだろ?」

「いや、まだまだ全然だ」

碧人は二機目が着陸した滑走路を眺めながら、すっと表情を引きしめた。

アグレッサーによる巡回教導の際に戦うメンバーのひとりとして選ばれ対戦したが、

自身の未熟さをとことん思い知らされた。

戦闘機同士の接近戦、ドッグファイトではアグレスが用意した攻撃のチャンスを生かせず、後部席に乗った時にはアグレスの高度な操縦技術を見せつけられて言葉を失うほど驚いた。

それで火が点きその後の訓練に熱が入ったのがよかったのか、評価は悪くなかったらしいと上官からは聞いている。

「うちのエースパイロットがまだまだ全然だったら、他の隊員はそれこそアグレッサーへの道は遠いな」

「俺も遠いよ。まあ、あきらめるつもりはないけどな」

ただアグレッサー部隊に入りたいというわけではなく、一員に選ばれるにふさわしいレベルの飛行技術を身につけたい。

その考えに賛否はあるかもしれないが、自分の飛行技術を測る物差しのひとつとして、アグレッサー部隊の一員に選抜されたいと考えているのだ。

もともとドルフィンライダーを目指したのは、子どもの頃に航空祭で見た展示飛行に感動したのがきっかけだが、入隊してからは美月に見てほしいという思いだけで訓練に励み飛んでいた。

けれど状況が変わった今、気持ちにも大きな変化が生まれた。

とくにスクランブル発進を経験してからは、確実に変化した。

国を守ることは大切な人を守ること。

自分が守っている空は大切な人が暮らしている空につながっていて、結果的に大切な人を守っている。

そう思うようになってからは『まだまだ成長したい』心の中でそう繰り返しながら、訓練に臨むようになった。

美月と再会し蓮人の存在を知って以来、いっそうその思いは強くなった。

愛する人を幸せにしたい。今ではその気持ちがモチベーションとなり、任務に就いている。

「そういえば、書類は出したのか？」

「今、人事に出してきた。色々あってややこしかったけどな」

「そんなこと言いつつお前、笑ってるぞ。まあ、初恋の相手と結婚だもんな。笑いが止まらなくて、結婚後の書類の山も大したことじゃないよな」

碧人の背中を軽く叩き、榎本は顔をくしゃくしゃにして笑っている。

その笑い方も蓮人に似ているような気がして、碧人も肩を震わせ笑う。

「なんだよ。ほんとに笑いが止まらないみたいだな。なあ、今度会わせてくれよ。例のカフェで働いてるんだろ？　どんな感じなんだ？　かわいい系？　美人系？」

「どうだろうな」

興味津々の榎本に、碧人は曖昧に答えた。

美月はもともと美人だが、蓮人と一緒に笑い声をあげる姿はかわいらしい。

キスひとつで顔を赤らめるのも愛らしくて、ひとつのタイプには決められない。

「もったいぶるなよ。ああ、今度うちの奥さんと一緒にあのカフェに行ってみるのもいいな。かわいい系、美人系。それとも女王様系？　この目で確かめてやる」

「女王様系ってなんだよそれ……」

「カフェで桜井さんいますかーって聞いてみるのが手っ取り早くていいな。だけど恥ずかしいからかみさんに聞いてもらおう。奥さん、桜井さんでいいんだよな」

「まあ、そうだけど」

碧人は本気でカフェに行きそうな榎本に呆れ、じろりと見やる。

「桜井美月。……ああ、そうだ」

碧人は婚姻届を提出した日に美月が口にしていた言葉を思い出した。

美人系でもありかわいい系でもあり、そして。

「アイドル系、っていうのもありだな」

小さな顔にバランスよく配置された大きな目と形のいい唇。愛らしい笑顔は見ているだけで癒やされる。

それこそアイドルと言ってもおかしくない。

桜井美月という名前だけでなく、彼女は見た目も性格も愛おしい、碧人にとって唯一のアイドルだ。

それだけじゃない、ひとりで蓮人を育ててきた強さに敬意を払い例えるなら、美月は碧人にとってのアグレスだ。

「アイドル系……ますます顔が見たい」

「頼むからカフェでひとり盛り上がって、営業妨害なんてしないでくれよ」

本気でやりかねないと危惧して、碧人はきっちりと釘を刺した。

＊　＊　＊

「蓮人、ツリーの前で写真を撮るぞ」

「うん、いいよー。キラキラ綺麗」

大きなクリスマスツリーを見上げ、蓮人は目を輝かせた。

年明けに引っ越しを控えている美月の自宅は準備の真っ最中。段ボールが山積みだ。

結局、納得できる新居が見つけられず、ひとまず碧人の自宅に美月たちが引っ越すことにしたのだ。

間取りに余裕があり基地に近く、美月の通勤も電車で二十分。なんとかなりそうだ。

そんな中クリスマスツリーを飾る余裕もスペースもなく、今年はツリーの設置は見送ることにした。

その代わりにと言って碧人が連れてきてくれたのが、このショッピングモールだ。

毎年モール中央の広場に現われる大きなクリスマスツリーが有名らしい。

たしかに高さ十メートルを超えるツリーは圧巻の大きさで、全体が白と青の電飾で装飾されてまばゆいばかりだ。

それを囲むように並ぶ小ぶりのツリーには、たくさんのオーナメントが揺れている。

碧人は大きなツリーの前に蓮人を立たせ、早速スマホを構えた。

クリスマス当日の今日は親子連れやカップルも多く、ツリー周辺は撮影の順番を待つ客たちでごった返している。

「よし、終了」

写真を撮り終えた碧人が蓮人の手を引き美月のもとに戻ってきた。

ふたりとも今日一番の仕事を終えたとでもいうように、満足そうに笑っている。

蓮人の誕生日に三人で写真を撮って以来、碧人は折にふれてスマホや一眼レフを蓮人と美月に向けるようになった。

今までアルバムを見返しても蓮人ひとりの写真ばかりだったが、碧人のおかげで美月と蓮人ふたりの写真も徐々に増えつつある。もちろんタイマーや通りすがりの人にお願いして三人で写る機会も多く、アルバムを見返すのが断然楽しくなった。

写真に映る自分のあまりにも楽しそうな笑顔を見るたび照れくさくなるが、初めて味わう幸せが、すべて帳消しにする。

「さんたさんっ」

照れくささ万歳だ。

玩具売り場に向かう途中、突然蓮人が声をあげ走り出した。

「蓮人？　待って」

慌てて追いかけると、少し先でサンタクロースが子どもたちに囲まれていた。

なにかプレゼントを配っている。

「蓮人、行くぞ」

急いで両手を伸ばした碧人がひょいと蓮人を抱き上げる。

慣れた動きで碧人の首に手を回す蓮人の安心しきった笑顔に、美月は胸に込み上げてくるものを感じた。

人混みをかき分けサンタに向かっていくふたり。

後ろ姿を見ているのに、ふたりのキラキラした笑顔が見えるようでぐっとくる。

ちょうど一年前の今頃は、職場で居心地の悪さを覚えながらも蓮人のためにとギリギリのところで踏ん張っていた。

それが小松への異動をきっかけにして新しい、それも今までで一番のやりがいを感じられる仕事に出会った。

そして碧人との再会。

一年前には想像もできなかった幸せを手に入れて、今年は夢のようなクリスマスを過ごしている。

カフェでの時間を日々のルーティンのように楽しむ常連さんや、夢を叶えるために勉強もバイトも全力投球の学生たち。

それに子ども食堂を訪れる子育て中のママやパパたちからも、パワーを受け取っている。

そのすべてが美月と蓮人の人生を後押ししてくれる味方のようで、妊娠がわかって以来背負っていた重荷を下ろし、ようやくしっかりと息ができるようになった。

できることならこのままカフェでの仕事を続けて、さらに居心地のいい空間をつくってみたい。

そして今度は自分が誰かの味方になりたい。

最近ではそんな気持ちがふつふつとわき上がり、日に日に大きくなっている。

とはいえ美月は企業のいち社員だ。任期が終われば本社に戻らなければならない。

それは一年以上先の話だが、碧人の任務のことも含め考えなければならないことは少なくない。

碧人と結婚して状況が変化した今、自分のこれからを組み立て直す重要なタイミングを迎えているのかもしれない。

ここ数日で何度となくそう考えるようになったのは、小松での任期終了後について具体的な提案が伝えられたから。それは、念願だったイギリス赴任の打診だ。

打診の打診という程度で、返事にも来春の人事との面談まで猶予がある。

来年以降のロンドン支店の業務拡大に伴い人員を増やすらしく、即戦力として美月の名前が挙がっていると岡崎から説明があった。

『現地の企業との合弁事業を強化するらしい。事務所も倍の面積に引っ越しだし、相当力が入ってるな。面白い場面に立ち会えるんじゃないか？　まだ時間はあるから旦那とも相談して決めればいい』

願ってもない魅力的な話に正直ワクワクした。それも一度はつらい思いであきらめた話だ。以前ならふたつ返事で受けていたはず。

けれど今の美月の状況は、以前から大きく変化している。

「即戦力か……」

その評価はもちろんありがたく、仕事に対する自信が生まれたのはたしか。

イギリスでの生活を想像するだけで心が弾むことも、否定できない。

だからといってその選択をするのかどうかは別の話。簡単には受けられない。

結婚し家族が増えた今、まず優先しなければならないのは碧人と蓮人との幸せ。

なにより碧人の職業には、家族からのサポートが必要だ。

「アグレス……」

イーグルに関係する、木島の影響で知った言葉だ。リスペクトが込められた呼称だと知り、なるほどと納得した。最近、碧人もアグレスの一員に選ばれることを目標にしていると知って、ひどく落ち込んだ。

アグレスという言葉すら知らなかった自分に、碧人がキャリアプランを話すわけがない。

木島の知識には敵わないとしても、せめて碧人から多少の相談や報告をしてもらえる程度の知識は欲しい。

とはいえ碧人の任務については知らないことばかり。知識を増やして手厚くサポートをしたいと思いながらも、どこから手をつけていいのかもわからない。

結局なにもかもに身動きできないまま悶々としている自分にがっかりし、美月はひっそりとため息を吐いた。


その後美月たちは大混雑のモールでの食事をあきらめ、車で二十分ほどの住宅街にあるレストランにやってきた。

碧人のなじみの店で、電話で確認したところ席を用意してもらえたらしい。

明るい黄色の外壁が目を引く二階建ての建物で、一階が店舗になっているようだ。

「いらっしゃいませー」

ドアを開き店に足を踏み入れた途端、待ち構えていたかのような声が響いた。

「え……？」

あまりにも威勢のいい声に、美月は動きを止め、蓮人は碧人の背中にさっと隠れた。

見ると赤いエプロン姿の背の高い男性が、碧人ににこやかに笑いかけ立っている。

「なんだよ、今日は息子の野球の試合を見に行くって言ってなかったか？」

碧人がうんざりしたように肩を落とす。

「いやいや。家族揃ってうちに来てくれるって聞いて、野球どころじゃないだろ。息子なら大丈夫、俺がいなくてもホームランだ」

ケラケラと笑い声をあげる男性に、碧人がさらに眉を寄せる。

「本気で美月のカフェに押しかけて騒ぎそうだったからな。先に紹介しておいた方がいいと思って来たんだよ」

「なるほど。相変わらず読みが鋭いな」

「あの、お知り合いですか？」

おずおずと声をかけると、碧人よりも先に男性が美月との距離を詰め、口を開く。

「初めまして。榎本です。桜井とは防衛大学校からの知り合いです。今もともに空を飛ぶ盟友なんです」

それほど広くない店内に、歯切れのいい大きな声が響き渡る。

食事中の客たちが笑っているところ見ると、この大声は通常モードのようだ。

「美月、驚いたかもしれないが、これでも俺の同僚なんだ」

「そうなんですね。あの、初めまして。妻の美月です」

榎本の威勢のよさにおされつつ、美月も頭を下げる。聞く限りでは、彼は碧人のかなり近い関係の同僚のようだ。

「盟友はいいから落ち着け。蓮人が怯えてるだろ」

碧人の背中から、蓮人が恐々と顔を出し、様子をうかがっている。滅多に人見知りをしない蓮人にしては珍しい反応だ。

「悪い悪い。奥に席を用意しておいたから、座って座って」

榎本は人当たりのいい笑顔で美月たちを促し、席に案内する。

白い壁に赤いテーブル。外壁の黄色といい、原色だらけの店内を、美月はキョロキョロ見回しながら、四人がけのテーブル席に腰を下ろした。

「いらっしゃいませ。お待ちしてました」

厨房から小柄な女性が現われ、碧人に明るい笑顔を向けた。

榎本に負けず人懐っこそうな笑顔。高い位置でお団子にした髪型がかわいらしい。

「桜井さん、お久しぶり。結婚したって聞いたわよ。こちらが奥様？」

「お久しぶりです。突然席を用意してもらってすみません。彼女が妻の美月です」

「美月です。初めまして」

美月は慌てて立ち上がり、頭を下げる。

「美月、彼女は榎本の奥さんで真菜《まな》さん。この店のオーナー」

「オーナーなんて柄じゃないない。趣味で始めただけの料理屋なのよ。それも旦那と息子が好きなメニューばかり。旦那が転属の時には即閉店するつもりだしね。お口に合うかわからないけど、いっぱい食べてね。あ、とりあえず桜井さんが好きなカニクリームコロッケ、ちょうどできたてがあるからまずはそれにする？」

「カニ？」

真菜の言葉に蓮人が敏感に反応し、期待を滲ませた目で美月と碧人を見つめる。

「息子の蓮人です。俺に似てカニが大好きで。だからコロッケ山盛りお願いします」

隣に座る蓮人の頭を優しくなでながら、碧人が蕩けそうな笑みを浮かべる。

「あら、蓮人君っていうの？　じゃあ、カニコロいっぱい持ってくるね」

「うんっ……カニ…コロ？」

舌足らずな調子で答え首をかしげる蓮人を、榎本と真菜は顔を見合わせ「かわいー」と声をあげた。

「桜井さんが結婚したって旦那から聞いて、本当、びっくりしたのよね」

「そうですよね。急に決まったので」

真菜のからかい交じりの声に、美月は照れくささをこらえ、答えた。

昼営業が終わり閉店した店内には美月たち三人と榎本夫妻。

碧人と蓮人は奥のテーブルで榎本から戦闘機のレクチャーを受けている。というより、榎本の戦闘機推しに蓮人がきゃっきゃと盛り上がっているのだ。

その様子を碧人が苦笑しつつ見守っている。

美月の視線に気づいたのか、碧人が面白がるように笑い、軽く肩をすくめてみせる。

「蓮人君、ブルーのファンなのね。戦闘機好きのうちの旦那と波長が合うのかも」

「みたいですね」

タブレットを覗き込むふたりの目は輝いていて、楽しそうだ。

「桜井さんには申し訳ないけど、旦那の相手をしてもらえて助かる。うちの息子は野球命で全然興味ないから。あ、よかったらどうぞ」

真菜はカウンターに腰かけている美月の手元にコーヒーを置くと、隣に並んで腰を下ろした。

「蓮人君が大きくなって桜井さんがエースパイロットだって気づいたら、友達に自慢するんじゃない？　旦那が言ってたけど、アグレッサー部隊に転属する可能性が高いみたいね」

「アグレッサー部隊……アグレス」

碧人をチラリと見やり、美月は小さくつぶやいた。

「そうそう。アグレス。うちの旦那が呼ばれることはまずなさそうだけど、桜井さんはかなり期待されてるらしいし、それだけの努力をしてるって旦那が褒めちぎってるから。当然かもね」

「そうですか。私は、あまり聞いてなくて」

榎本と違い、碧人が任務について口にすることは滅多にない。

仕事柄詳細に話せないのはわかるが、榎本から多少でも話を聞いている真菜が羨ましい。それに彼女はアグレスという言葉も自然に使っている。

結婚して日が浅いことを考えれば仕方がないとわかっていても、自分は碧人にふさわしくないのではないかと落ち込みそうになる。

「桜井さん、英語もペラペラなんでしょ？」

「そうなんです。私も最近知りました」

碧人は英語の勉強にも熱心だ。

海外訓練では上空での無線のやり取りは英語を使うので、英語が理解できネイティブ同様の会話力は必須らしい。

美月も英語には困らないが、碧人のネイティブに近い会話力には驚いた。

「将来は統合幕僚長？　そうなると見た目も抜群だし話題になりそう。楽しみね」

コーヒーを口に運びつつ、真菜は冗談とも本気とも思えない口ぶりで言葉を続ける。

碧人のことを相当かっているようだが、美月にはいまひとつピンとこない。

「統合幕僚長か……」

それは自衛官の最高位だ。

その立場に就くにはかなりの努力が必要だということは、美月にも理解できる。

そして、それがたとえ冗談や単なる可能性だとしても、それを期待されるほど碧人の能力が高いことは明らかだ。

バレエダンサーやイギリス赴任。不可抗力とはいえ夢をあきらめてきた自分と違い夢を追いかけ叶えてきた碧人。

彼の姿が眩しく見えて仕方がなかった。

第五章　この幸せがいつまでも続きますように

クリスマスが終わった街は、あっという間に装いを変え新年の準備が始まった。

それまで赤や緑で鮮やかに彩られていた原色の風景は、凛とした白が目を引く景色へとすっかり表情を変えている。

「寒いけど、綺麗ですね」

美月は手の平を上にして両手を伸ばし、静かに降り続く雪を受け止めた。

「冷たい」

それは当然だとクスリと笑い、やがてゆっくりと形を変え溶けていく姿を、息を詰めじっと見つめた。

雪が溶けると水になる。その当たり前の過程をじっくりと見届けられたことに、思いがけず感動する。

普段見過ごしているなんでもないことを、無駄に時間をかけて確認する。

それは今の美月にとって、普段なら絶対にできない時間の使い方。

蓮人がここにいない今だからこそその贅沢だ。

「静かだな」

碧人はどこもかしこも雪で覆われた庭園内を、神妙な表情で眺めている。

真っ白な世界にいると神聖な気持ちになり、声を出すのにも躊躇する。

ここは金沢にある有名な日本庭園。季節ごとに違う表情を見せる趣のある広い庭園内は、一面真っ白の世界が広がり、幻想的な景色を楽しめる。

初めてここを訪れた美月は、厳かな空気が流れる庭を眺めながら、背筋を伸ばした。

「なんだか別世界ですね」

ひとつの傘の中、美月は碧人に寄り添い小声でささやいた。

「そうだな。雪の季節に来るのは初めてだが、落ち着くし、いいな」

碧人はしみじみとつぶやき美月の肩を抱き寄せた。

「寒くないか？　って聞かなくても寒いよな」

ひとり納得する碧人に、美月はふふっと笑う。

「寒くても、こうしてると温かいです」

美月の身体は碧人の身体にすっぽり収まって、雪に触れることもない。

雪だけでなくすべてから碧人に守られているようで心強く、穏やかな気持ちになる。

その一方で、普段美月の視界の中でいつも笑っている蓮人の姿が見えなくて、寂しさを感じるのはどうしようもない。

蓮人は今、揃って日葉里の旅館を訪れている碧人と美月の両親たち、そして日葉里の子どもたちと一緒に生まれて初めて映画館で映画を観ているはずだ。子どもに人気のアニメ映画で、蓮人は昨日から楽しみにしていて今朝も早くから起き出してそわそわしていた。

美月と碧人も付き添うつもりでいたが、今日はカフェの閉店後に予定しているアルバイトのふたりの送別会の準備があり、蓮人を両親たちに任せることにしたのだ。

蓮人の反応が気になったが、親の心配をよそに「ばいばーい」とにこやかに手を振り日葉里の子どもたちと出かけていった。

あっさりとした蓮人の塩対応に、美月よりも碧人の方がショックを受け、しばらくの間言葉を失っていた。

とはいえ美月と碧人がふたりきりになれる機会は滅多にない。

岡崎から注文している花束の受け取りを頼まれ、碧人と車で出かけたついでに、せっかくだからと金沢まで足を伸ばすことにした。

高校時代から考えても、ふたりで出かけたのは数えるほど。

今ふたりで金沢の雪を見ているこの時間が、とても貴重で大切なものに思える。

年末の街は買物客で賑わいざわめいていたが、一歩庭園内に入ると途端に空気が変わりすっと気持ちが落ち着いた。

「蓮人がいたら、雪を見て大騒ぎしてますね」

庭園の出口へと手をつなぎ向かいながら、美月は頬を緩めた。

「だろうな。はしゃいで何度も転んで抱っこをせがむんだろうな」

「蓮人、碧人さんが大好きだから。いつも碧人さんに抱きついて離れないし」

もともと〝ざっく〟が大好きで碧人を慕っていたが、碧人と過ごす時間が増えるに比例して碧人自身の優しさや強さに触れる機会も増え、さらに碧人のことが大好きになり懐いている。

保育園に碧人とふたりで迎えにいった時も、蓮人が一目散に駆け寄るのは碧人。美月のことは後回しだ。

最近では碧人の足もとにしがみついては肩車をせがんだり、食事の時に美月ではなく碧人の隣がいいとぐずったり。

碧人が大好きだと隠そうとしない蓮人を見るたび、美月の胸に複雑な思いが溢れるようになった。

「ちょっとだけ、寂しいかも」

美月はつないだ手をぎゅっと握りしめ、悔しげにつぶやいた。

「落ち込まなくていいだろ」

碧人は面白がるように笑い、美月の頭を優しくなでる。

「蓮人は〝さっく〟に憧れてるだけ。そのうち俺が側にいるのが当たり前になって、落ち着くはずだ。ママはいつも自分の近くにいるのが当然だと思って安心してるんだよ。俺が蓮人を独占してるように見えてもそれは今だけ。だから寂しがらなくていい」

「違うんです」

美月は即座に首を横に振る。

「違う？」

「そうです。逆なんです。寂しいって言ったのは、蓮人に碧人さんを独占されてるみたいで寂しいというか、悔しいというか」

「……え、俺？」

「実はそうなんです」

美月は照れくさそうに答えながら、視線を泳がせる。

「おかしいですよね。でも碧人さんが遠くにいるような気がして寂しいというか」

「寂しい？　それに遠くって……え、なんの話だ？」

碧人は美月の顔を覗き込む。

「ごめんなさい。違うんです。ただ私が勝手に落ち込んでるだけで。私の問題です」

つい弱気な言葉を口にしてしまい、美月は胸の前で手を横に振る。

「最近考えることがありすぎて、だから——」

「落ち着け。ゆっくり話せばいいから」

「あ……はい」

美月は碧人の柔らかな声にハッとし、力なく笑う。

「ごめんなさい。ただ……ただ、碧人さんがどんどん立派になっていくのに私は追いついてないなって。だから碧人さんが遠くにいるみたいで寂しくて」

「遠くって、なんでそう思う？」

ワケがわからないとばかりに碧人は首をひねる。

「話してくれないか？　最近仕事が忙しそうだとは思っていたけど、他にもなにかあったのか？」

「それは……」

美月はうつむいた。

言ってもいいのだろうか。けれど単なる愚痴になりそうで申し訳ない。

「美月」

先を優しく促す碧人の声に、美月は顔を上げゆっくりと口を開いた。

「アグレスって、尊敬の気持ちが込められてるんですよね」

「あ、ああ。それがどうかしたのか？」

予想もしていなかっただろう言葉に、碧人はぽかんとする。

「この間、真菜さんから碧人さんがアグレッサーにいつか選ばれるって聞いて、寂しくなったんです。碧人さんも目指してるって聞くと、余計に」

降り続く雪を一心に見つめながら、美月は話し始めた。

「……うん。それで？」

碧人の手が美月の背中を優しくなでる。

「誤解しないでくださいね。私、碧人さんが目標を達成できるように応援してるんです。でも、今でも一目置かれるイーグルドライバーなのに、尊敬までされるアグレッサーに選ばれたら。私、もう碧人さんには追いつけないというか取り残されるというか。隣にいていいのかなとか。アグレスっていう言葉も知らなかったし、応援してるといってもどう応援していいのかよくわからなくて」

「美月」

「……ご、ごめんなさい」

ここ最近鬱々と考え込んでいたせいか、一度口に出した途端胸にしまっていた不安が流れるように零れ落ちた。

碧人が悪いわけではないのに、まるで八つ当たりでもするかのように吐き出してしまって申し訳ない。

「そういうことか。はあ……」

碧人は大きく息を吐き出すと、美月の肩に顔を埋めた。

「あの、ごめんなさい。私、おかしいですよね。大人なのに寂しいとか。それに応援の仕方がわからないって妻として失格――」

「気が合うな」

「……え？」

くぐもった声が聞こえたと同時に碧人の手を背中に感じ、そのまま抱き寄せられた。

あっという間にふたりの距離がなくなって、同じ傘の中で寄り添っている。

「碧人さん？」

肩に感じる碧人の重みにドキドキする。

「寂しいとか悔しいとか、俺もそうなんだよ」

「俺も？」

「そう、俺も」

碧人はクスリと笑い、顔を上げた。

「イギリス赴任の打診があったんだろ？」

「は、はい。でも、どうしてそのことを……？」

どこで知ったのかと美月は碧人を見つめた。

断るべきだろうと気持ちが傾いていたこともあって、碧人には伝えずにいたのだ。

「この間、蓮人を迎えに行った後に店に寄っただろ？」

「あ……はい」

美月は思い返し、頷いた。

十日ほど前、人事部の担当者がイギリス赴任の件で突然店に現われたのだ。

閉店間際の慌ただしい時刻。蓮人のお迎えに間に合いそうになく、電話で延長保育を申し込んで碧人にも帰宅が遅くなりそうだとメッセージを送っておいた。

すると碧人は蓮人を保育園に迎えに行き、そのまま店に立ち寄ってくれた。

「あの日店で美月を待っている時に、バイトの女の子たちが話しているのをたまたま聞いたんだよ」

「話？」

碧人は頷いた。

「バックヤードにコーヒーを届けた時に、美月のイギリス赴任の話をしていたってかなり驚いてたな」

「え、そうだったんですか。でも、碧人さんなにも言ってなかった……」

「美月から話してくれるまで、その話をするつもりはなかったんだ。美月の決断に干渉するのはまずいだろ」

「干渉って、そんなこと全然気にしなくていいのに。それに私、この話は辞退するつもりで。だから、碧人さんにも話してなかったんです」

美月は焦った声をあげた。

「辞退って、それでいいのか？　前に一度辞退して四年も経つのにまた声がかかるって、美月の仕事ぶりが相当かわれてるってことだよな。なのに辞退って」

驚く碧人に、美月は言葉を続ける。

「それは、違うんです。私は単なる頭数というか、そんな感じです」

岡崎から聞いた話の印象では、イギリス支店の業務拡大に合わせたひとまずの要員確保に近い。

仕事ぶりをかわれて、だけだとは思えない。

「だとしても、また声がかかるって滅多にない話じゃないのか？　もし俺と蓮人に遠慮しているなら、それは心配いらないから今度こそやりたいことをやってほしい。美月の夢が叶うなら、なんだって協力する」

「それはありがたいですけど、でも」

たしかにイギリスに赴任したくて入社以来仕事に打ち込み、あと少しで夢が叶うというところまで奮闘してきた。

けれどその時と今とでは状況も違い、やりたいことや夢も形を変えている。

ここ数日じっくりと考えて、そのことに改めて気づき自分なりに納得もしている。

「私の仕事ぶりだけで今回打診されたわけじゃないと思うんです。だから――」

「だとしても、もう一度赴任の話があるって聞いて、美月のことを改めて尊敬した」

「尊敬って、あり得ません」

美月はぶんぶんと首を横に振る。買いかぶりすぎだ。

「いや、そうなんだよ。仕事もそうだし、蓮人をひとりで育ててくれたことも尊敬してる。イギリス赴任の話を耳にした時、美月が遠くに行ってしまうような気がして、多分、美月が俺のことを遠くに感じる以上に寂しくなった。な、俺たち気が合うよな」

「な、って言われても……。私は全然遠くになんか、行ってません」

美月は前のめりに声をあげる。

「俺も、美月から離れて遠くに行ったつもりはないよ」

碧人はそう言って一度息をつくと、美月の顔をまっすぐ見つめた。

「美月は俺にとってのアグレスなんだよ」

言い聞かせるように、碧人は言葉を重ねた。

「私がアグレス……？」

「そう。俺にとってのアグレス。尊敬すべき最強の恋人であり、妻」

「最強……」

「それに最愛の妻」

「最愛の……妻」

このあまりにも甘い言葉は少し早いお年玉だろうか。うれしすぎてじわじわと身体が熱くなっていく。

「あとは……美月には美月がやりたいことを存分に楽しんでほしい。俺は、カフェで生き生きと楽しそうに働いてる美月が好きなんだ」

碧人は美月の顔を覗き込み、互いの額をコツンと合わせた。

「イギリスに行きたかったら、遠慮せずに行って今度こそ夢を叶えてほしい。俺と蓮人ならこっちで仲良くやってるから気にするな。今まで十年以上離れていても気持ちは繋がっていたんだ。あとしばらく離れてもどうってことない。大丈夫だ」

「大丈夫って言われても、私、碧人さんがアグレスになれるように応援するつもりで」

まるでイギリス赴任が当然のような流れに、美月は慌てた。

「俺を応援してくれるなら、毎日笑って楽しく生きてくれればいい。それが俺の戦闘機に乗る理由だ」

碧人は迷いのない声で、言葉を重ねる。

「楽しく笑って？」

「ああ。そのために俺は操縦桿を握ってる。……って、榎本に聞かれたら絶対からかわれるな」

「あ……」

続く甘い言葉に、美月は言葉を詰まらせた。

「余計なことは無視して自分の気持ちだけを考えて決めればいい。あとのことは俺がどうにかする」

「そう言われても」

どうにかなるのかどうか冷静に考えれば不安ばかりだが、碧人の優しさがうれしくて胸がいっぱいになる。これがお年玉なら百年分を一度に手にした気分だ。

「それに、俺も」

碧人は美月を胸に抱き寄せた。

「いや、俺の方が、だな。生まれた時から当たり前に美月を独占してきた蓮人が羨ましいし、悔しいし。俺も蓮人に嫉妬してる」

「まさか……碧人さんが？」

「そう。俺が。いや、俺の方が、だな」

碧人は美月の耳元に唇を寄せた。

「碧人さんが嫉妬って、まさか。全然わからなくて、気づかなかった」

振り返ってみても、思い当たることはなにもない。いつも蓮人を愛おしげに見つめ、なにより大切な宝物とでもいうように抱きしめていた。

「気づかれたくなくて必死なんだよ。息子をライバル視する父親って面倒すぎるだろ」

碧人は大袈裟に肩をすくめると、空いている手で美月の頬を包み込んだ。

「愛してるよ。三歳の息子が羨ましくて嫉妬するくらい、美月を愛してる」

色気のある艶やかな眼差しと甘い声。

美月の心臓があっという間にトクトクと音を立て、暴れ始めた。

「私も……私も、です」

考える間もなく、素直な気持ちが口をついて出る。

「まあ、俺の方が蓮人より、いや、蓮人だけじゃなく他の誰より美月を愛してる自信はあるけどな」

「私だって、負けません。碧人さんを想う気持ちは蓮人に負けないし、他に誰が現われても、絶対に負けませんからっ……あ、いえ、あの。ちが、わないんですけど」

照れくささを隠すように、美月は碧人の胸に顔を埋めた。

「そういうところ。俺を喜ばせるのがうますぎる」

「そんなつもりは……」

碧人の胸越しにクスクスと笑い声が聞こえてくる。

「このまま、帰れないだろ」

「それって、どういう――」

「しばらく、じっとしていてくれ」

絞り出すような碧人の声が頬を掠めた次の瞬間、抱きしめられ、そして。

「ん……っ」

気づけば互いの唇が重なっていた。

「あ……あおと……」

とっさに碧人の胸に手を当て距離を取ろうとするも、腰に回された手にぐっと力が込められて、さらにふたりの身体は密着する。

「愛してるよ。美月だけを愛してる」

「私だって……」

唇に直接注ぎ込まれる碧人の思いに全身が熱くなる。

美月は碧人の背中に両手を回してしがみついた。これではまるで、蓮人みたいだ。

「ふふっ」

「どうした？」

ふと漏らした美月の笑い声に、碧人が首をかしげる。

「いえ、なんでもなくて」

もしもここに蓮人がいたら「ぼくもぎゅーする」と言って駆け寄ってくるはずだ。

碧人そっくりの顔で、そして幸せそうに笑いながら。

「「蓮人、今頃どうしてる――」」

ふたりの口から同時に同じ言葉が零れ出て、思わず顔を見合わせた。

「……会いたいな」

碧人はふっと笑い、美月の唇に掠めるだけのキスを落とした。

「暖かくなったら、今度は三人でここに来よう」

「いいですね。楽しみです」

その日が待ち遠しくて、美月はたまらず碧人を抱きしめた。

こうしてふたりでいられるだけで、他のなにもかもがどうでもいいと思えてくる。

「美月」

愛おしげに名前を呼ばれて顔を上げた途端、碧人の唇が額に触れた。

「あと一分」

美月に負けない碧人の幸せそうな声。あと一分、抱きしめてくれるらしい。

もっと、と言いたい気持ちを我慢して、美月も碧人の身体を抱きしめた。

誰かがふたりの横を通り過ぎる気配を感じても、気にせずやり過ごす。

静かに降り続く雪と大きな傘が、幸せで頬が緩んでいるに違いないふたりの顔を上手に隠してくれるから。

ふたりがカフェに帰ってきた時、雪はすっかりやみ明るい陽射しが注ぎ始めていた。

美月は受け取ってきた花束をバックヤードに置くと、いつもの黒いエプロンを身に着け店に顔を出した。

年末で忙しいのか普段顔を見せる常連たちの姿はなく、観光客らしい団体が席を埋めている。

今日でカフェも仕事納め。閉店後には今日を最後にアルバイトを辞めるふたりの送別会を盛大に行う予定だ。

「遅くなりました」

ちょうどカウンターでコーヒーを淹れていた岡崎に、美月はそっと声をかける。

「お疲れ様。本当なら今日は休みなのに、雪の中行ってもらって悪かったな」

「いえ、全然。送別会の準備までには来るつもりだったので、平気です」

平気どころか碧人とふたりきりの時間を楽しめて、申し訳ないくらいだ。

「そういえば、桜井さんは？　ああ、桜井っていっても有坂の旦那さんの方……じゃなかったな」

岡崎はふっと笑い、小さく首を振る。

「つい有坂って言ってしまうんだよな」

悪い悪いと言葉を続け、岡崎は肩をすくめた。

「俺もいい加減慣れないとな。有坂じゃなくて、桜井、だよな」

「はい……」

美月は気まずさを顔に出さないよう意識する。

普段と変わらない岡崎の穏やかな横顔にホッとしつつも、その優しさに甘えていることを申し訳なく思う。

岡崎は、職業柄勤務が不規則で不安も多い碧人との生活をスムーズに送れるようシフトを調整してくれたり、変わらず蓮人を可愛がってくれたり。

まるであの告白がなかったかのように、接してくれるのだ。

今日も本当なら美月に午前中から店に出てほしかったはずだが、気を利かせて碧人との時間を用意してくれたのかも知れない。

的を射た配慮で部下をサポートし後押ししてくれる。入社してからずっと、岡崎のそんな優しさに守られてきた。

「岡崎さん、あの……」

「ん？」

コーヒーを淹れる手元をじっと見つめながら、岡崎は優しい声で答える。

美月が仕事で行き詰まったり落ち込んだりした時に、つい聞きたくなる声だ。

「いえ、あ、あの。別に有坂でもいいですよ。私もまだ慣れてなくて、書類とか有坂って書いちゃうことも多いんです。そのうち慣れると思います」

「慣れる……そうだな。そのうち慣れるよな。有坂じゃなくて桜井って名前に」

岡崎はそう言ってふっと笑うと、ドリップポットを手元に置いた。

「それより旦那はどうしたんだ？　一緒に行ったんだよな？」

「そうなんです」

いつもと変わらない岡崎の優しい声に、美月はホッとし頷いた。

「でも店の前で私を下ろした後、電車で蓮人たちを迎えに行きました。子どもたちが色々買ってもらって大変らしくて。おじいちゃんおばあちゃん、みんな甘いんです」

とくに碧人の両親は初めての孫との年越しを楽しみにしていて、顔会わせの後すぐに日葉里の旅館に今回の宿泊を予約していたほどだ。

「そうか……じゃあ、れん君たちが戻ってくるまでに、ぼちぼち裏で準備を始めてもらえるか？」

「わかりました」

岡崎の柔らかな笑顔に、美月は頷いた。

今日はこれから学生アルバイトふたりの送別会だ。

本当なら卒業まで働いてほしいところだが、三月に控えた管理栄養士の国家試験に備えて勉強に専念するらしい。

体調を整える意味もあり、仕方がないと本人たちも残念がっていた。

彼女たちのためにいい送別会にしようと、美月は気持ちを切り替えた。

「いらっしゃいませ」

店内に響いた声に視線を向けると、見覚えのある顔がドアを開き、覗き込むように立っていた。

「え、どうして……？」

美月は目を見開き、まじまじと見つめた。

店の入口に、木島が立っているのだ。厳しい表情で店内を見回し、美月を見つけた途端眉を寄せ、口元を歪めた。

「いらっしゃいませ。おひとり様でしょうか。こちらへどうぞ」

木島はバイトの女の子の案内を無視してつかつかとカウンターにやって来ると、美月の正面の席に勢いよく腰を下ろした。

「木島さん、あの……？」

美月を見ても平然としている様子からは、木島が偶然ここに来たわけではないとわかる。美月に会いに来たようだが、どうしてここにいるとわかったのだろう。

顔を合わせた時に伝えた覚えはなく、碧人が話したとも思えない。

「へえ、ここが航空祭の時に話題になったカフェなのね」

どこかバカにしているような声に、美月は顔を強張らせた。

「とりあえずコーヒーをお願い」

どうでもいいとでもいうようにそう言うと、木島は店内のあちこちに置いている基地関連のグッズを眺めながら、ぐっと顔をしかめた。

「基地の隊員もここによく来るらしいわね」

「時々そうお聞きすることがあります。私服で来られるので気づきませんが」

「へえ」

木島はカウンターに頬杖をつき正面から美月を見据えた。

「あなた、最初からそれが狙いでここに来たの？」

「は？　あの、どういうことですか？」

わけがわからず、美月は目を瞬かせた。

「ふんっ」

木島は小さく鼻を鳴らし腕を組むと、スツールの背に軽く身体を預けた。

「松島にいた時、桜井一尉は任務中心というより任務以外なにも興味がない毎日を送っていたはずなのよ。もちろん女性の影なんてなかったの」

「はい……？」

不意に出された碧人の名前に、美月は動きを止めた。やはり碧人のことで美月を訪ねてきたようだ。

「それがなに？　小松に赴任してあっという間に結婚なんて、おかしいわよ。あなた松島でも桜井一尉を追いかけていたけど、わざわざ転属先を調べてここまで来たの？」

「それは違います。私はあのラストフライトの時に初めて松島に行って。あの、息子に一度くらいフライトを見せてあげたくて」

「なんなのあなた。その時から子どもを使って桜井一尉の気を引くつもりだったの？信じられない」

「それも違うんです。私はあの日を最後に――」

「知ってるのよ。あなた、東京じゃ未婚のシングルマザーだから職場にいづらくてここに逃げてきたそうね。この間、たまたまあなたがここにいるのを見かけて調べたの」

美月の反論など聞き流し、木島は楽しげに言葉を続ける。

「調べたって、なんのことですか？」

「このカフェって藤谷商事が運営してるのよね。ちょうど藤崎商事の本社に知り合いがいて聞いてみたら、すぐに教えてくれたわよ。海外赴任直前に妊娠がわかって、赴任は辞退。おまけに未婚のまま出産。一躍時の人だったらしいじゃない」

「時の人……」

美月を傷つけたくてたまらないのだろう、木島は芝居じみた声で、大袈裟に話し続けている。ただ、彼女の話はどれもその通りで反論できない。

「桜井？」

「大丈夫です。すみません」

岡崎の心配そうな声に、美月は振り返り頷いた。

気づけば店内のあちらこちらから物言いたげな視線が向けられている。

美月はバイトたちに「ごめんね」と視線で伝え、木島に向き合った。

「木島さん、そういうお話なら場所を変えて、よければ外でお聞き――」

「息子に父親をつくってあげたい気持ちはわかるけど、桜井一尉をターゲットにして犠牲にするのはやめてもらえないかしら」

いっそう大きくなった木島の声が店内いっぱいに響いた。

「犠牲って、そんなつもりはありません。碧人さんは私と蓮人を」

「碧人さんなんて軽々しく言わないでって、この間も言ったわよね」

「でも、私は」

木島のヒステリックな声に圧されて、美月は声を詰まらせた。

「息子の父親はどうしたの？　まさか捨てられたの？」

美月は唇をかみしめた。どうすれば蓮人が碧人の実の息子だと信じてもらえるのか。途方に暮れる。

「簡単に本社を追い出されるなんて、その程度の仕事しかしていなかったんでしょう？　おまけにシングルマザーじゃ将来不安よね」

勝ち誇ったような笑顔で木島はスラスラと話し続ける。

たしかに追い出されてここに来たと思われても仕方ないが、わざわざ他人から指摘されると胸が痛み、どっと気が滅入る。

「だとしても、この先幹部としてのキャリアが控えている桜井一尉を巻き込むのはやめて。戦闘機パイロットとして超一流。隊員からは一目置かれていて人柄だって超一流。彼の足を引っ張らないで。他人の子どもを押しつけられて育てるなんて、迷惑に決まってるでしょう」

「迷惑なのは木島さんですよ」

木島の熱弁の途中、勢いよくドアが開き碧人が飛び込んできた。ここまで走って来たのかきょとんとしている蓮人を抱きしめ、肩を上下させている。

「碧人さん?」

美月の声に、木島がじろりと睨み付ける。

「木島さん、営業中に騒いで、営業妨害です。お帰りください」

碧人は表情を消し木島の前に立つと、毅然とそう言い放った。

「私はただ、この人に子どもを押しつけられて迷惑を受けて、足を引っ張られている桜井一尉のことを思って、代わりに」

碧人の怒りを察して、木島は慌てて弁解する。

「そんなことといつお願いしましたか? それこそ迷惑です」

「そんな……」

「それに、逆です。美月が俺の足を引っ張ってるんじゃありません。俺が彼女の夢を潰してしまったんです。それに、俺の人柄のなにを知ってるんですか? 俺は結果的に彼女の夢を潰してしまいましたが、それと引き換えに今、俺の息子がここにいる。愛する女性が夢をあきらめて俺の子どもを産み育ててくれていた。それを心から喜んでいる俺のどこがいい人なんですか」

碧人は思いをひと息に吐き出すと、おとなしく様子をうかがっている蓮人の頭を優しくなでる。

その優しい眼差しに美月は落ち着きを取り戻し、詰めていた息を吐き出した。

「夢をあきらめるしかなかった妻には申し訳ないし、身勝手だとわかっていても、俺は今最高に幸せなんです。迷惑なんて心外です」

「私もっ」

美月はカウンター越しに身を乗り出し、声をあげた。

碧人への想いが込み上げてきて、声に出さずにはいられない。

「私も、今が最高に幸せです」

碧人と蓮人と三人でつつがなく暮らせる今が、生まれて一番、最高に幸せだ。

「ままー」

まるで僕もそうだとばかりに蓮人が手を振っている。

今が最高に幸せだと改めて実感する。

「で、でも。この子って桜井一尉の子どもじゃないんでしょ？」

よっぽど信じたくないのか、木島は甲高い声で問いかける。

表情は強ばり、美月に向ける視線は変わらず厳しい。

「見てわかりませんか？」

それまで美月の後ろから見守っていた岡崎が、まるで痛々しいものでも見るような目を木島に向け口を開いた。

「この男の子、桜井さんにそっくりでしょう？　将来、男前になるのは確実ですよ」

「でも……たしかにそう見えなくもないけど。だけど……」

木島は碧人たちを何度も見つめつつ、それでも受け入れられないのか頑なに首を横に振っている。

「それに、本社の誰が漏らした情報なのか今は追及しませんが。桜井さんは追い出されてここに来たわけじゃありません」

「岡崎さん？」

普段の柔らかな物腰からは想像できない岡崎の鋭い声に、美月は目を丸くする。

「彼女に否定的な一部の社員から守るために、会社の上層部の判断で一定期間ここに異動しただけで、任期が終わればまた本社に戻れるし他の選択肢もあるんです。だから彼女を貶めるのは間違いです」

「岡崎さん……あの」

まるでプレゼンするかのような岡崎の滑らかな話しぶりに、美月だけでなく店内の誰もがぽかんとしている。

岡崎の言葉はうれしいが、どう考えても話が盛られているとしか思えない。

「蓮人は正真正銘、俺の息子です」

空気が和らいだのを感じてか、碧人がそれまでの尖った口ぶりから一変、穏やかな声で木島に告げた。

「この間も話しましたが、事情があって離れて暮らしていたんです。あの日、役所に婚姻届と併せて認知届も提出しました。ここまで言えば、蓮人が俺の息子だとわかってもらえますよね」

「認知って、まさか。ほんとに？」

木島は小さく息をのみ、肩を落とした。

「パパそっくりのれん君を見て、ふたりが親子だってわからないのかしら」

「え？　佐々木さん？」

明るい声に顔を向けると、いつの間にか入口近くに何人かの常連が立っていた。

送別会が待ちきれず、早々にやって来たようだ。

「れん君のパパは男前だから、好きになる気持ちはよくわかるけど、親子三人の幸せを邪魔しちゃだめよ」

「そうそう、お姉さんは美人だから、そのうちいい人が現われるよ」

「次にいかなきゃ、次に。ね、男なんて世の中には山盛りいるんだから」

佐々木たちの口から次々と明るい言葉が飛び出し、少なからず残っていた緊張感が和らいでいく。

「次って、なによ。次って」

木島は一身に向けられる視線に耐えられなくなったのか、気まずげにそう言い残すと慌てて店を出ていった。

「あらあら。若いわねえ、彼女」

「ほんとほんと」

佐々木たちは揃って笑い声をあげる。

美月はカウンターから飛び出し「ありがとうございます」と言って頭を下げた。

「皆さんのおかげでどうにかわかってもらえたようで、助かりました」

碧人が事情を説明してくれたとはいえ、木島が納得してくれたのかどうか、正直今もわからない。

それでも佐々木たちの朗らかさが膠着していた空気に風穴を開けてくれた。

「全然いいのよ。だって面倒なことはさっさと片付けて、早く有坂さんの結婚をお祝いしたいもの。それよりまだ準備はできてないの？」

「……私の結婚祝い？　ってなんの話ですか？」

　美月は首をかしげた。

「なんの話って、ねえ？」

　佐々木たちはきょとんとし、顔を見合わせる。

「だって、今日これから――」

「すみませんっ。閉店後に準備を始めますので、あちらでお待ちいただけますか？」

「とりあえずコーヒーでもお持ちしますね」

　慌ててアルバイトたちが駆けつけてきて、佐々木たちを店の奥へと案内する。

「え、どういうこと？」

　慌ただしく動き始めた店内を見回し、美月は首をかしげる。

　カウンターを見ると、気まずげに笑う岡崎と目が合うものの、すぐに逸らされた。

　続けて碧人を見上げると、明らかに表情を変え、こちらも目を逸らされる。

「れん君も、なにか飲もうか。駅から走ってきたから喉が渇いたよな。岡崎さんすみません。リンゴジュースありますか」

　碧人は口早に岡崎に声をかけ、美月から逃げるようにカウンターに腰を下ろした。

どう考えてもなにかがおかしい。

美月はわけがわからず何度も首をひねった。


やがて閉店時刻を迎え、今年最後の営業が無事に終了した。

直後、大急ぎで準備を整え始まった送別会は、どこか普段とは違う空気が流れていて、美月は落ち着かなかった。四年近くもの長い間働いてくれたバイトふたりは、花束やびっしりとメッセージが書かれた色紙を手に涙を流していた。

国家試験に無事に合格するようにと常連さんたちからお守りが手渡され、さらに涙の量が増えていた。

そして、涙を流したのは、ふたりだけではなかった。

「ありがとう……ございます」

いつの間にか用意されていた花束を手に、美月も長い時間涙を流し続けた。

送別会の準備の裏で美月には内緒で計画されていた、美月と碧人の結婚祝い。

バイトのみんなで製作したというウェディングケーキは苺まみれの三段重ね。

蓮人はもちろん、日葉里の子どもたちも大喜びだった。

両家の両親たちがわざわざやって来たのも、実はこの祝いの席に参加するため。

計画を事前に知らされていた碧人から連絡を受け、その場で参加を決めたそうだ。今日岡崎から花束の受け取りを頼まれたのも、美月が確実に店を留守にしている間に必要な準備を進めるためだったらしい。

「泣きすぎ」

こっそりと用意されていた金屏風前の席に座り、いつまでも涙が止まらない美月の頬をタオルで拭いながら、碧人はクスクス笑う。

「だ、だって。こんなこと、聞いてなかったから、びっくりして」

何度もしゃくり上げながら、美月はじろりと碧人に視線を向ける。

「碧人さんだけ知っていたって、ずるいです」

「そうだな。だけど美月を喜ばせたいって言われたら俺もその気になるし。美月の喜ぶ顔が見たかったし」

「み、見たかったって、そんな簡単に」

岡崎から計画を打ち明けられてすぐにOKし、その場で連絡先の交換も済ませたらしいが、今日までなにも気づかなかった。

碧人はもちろん、岡崎とも店で長い時間顔を合わせているというのに、まったくだ。自分の鈍さが情けない。

おまけに木島から責められている時に碧人が店に飛び込んできたのも、岡崎が碧人にメッセージを送ったからだと聞いた時には、言葉を失うほど驚いた。

「ぼくの苺、さっくままにあげるー」

蓮人の声に視線を向けると、蓮人は少し離れた席で碧人の両親とカットされたウェディングケーキを仲良く食べている。

今日一緒に映画を観に行って、すっかり打ち解けたようだ。さっくママ、さっくパパと呼んで懐いている。

「碧人さんも、食べますか?」

美月は手の甲で頬の涙を拭い、目の前に置かれたケーキを手元に寄せた。

それは店の看板商品、人気のシフォンケーキだ。

『結婚おめでとう』の文字と一緒に描かれているのは、もちろんイーグルだ。

お客様に提供しているよりも大きなプレートには、二機のイーグルが並んでいる。

そして二機が向かっている先には、ハートを貫く矢。それはブルーインパルスの人気の課目、キューピットに違いない。

この春まで碧人が描いていた思い出の矢が、まっすぐハートに伸びている。

「なんだよ、ここにも俺を喜ばせるのがうまい人がいたってことか?」

碧人は丁寧に描かれたイーグルとハートを食い入るように眺め、かみしめるようにつぶやいた。

その目は潤み、口元は微かに震えている。

「食べるのがなんだかもったいないですね」

美月は碧人の目に浮かぶ涙に気づかない振りで笑いかけた。

いつの間にか涙は止まっていて、ようやく驚きに変わって喜びを実感できるようになってきた。

「でも、お腹もすいたし、食べますか？」

フォークを手に問いかける美月に、碧人は指先で目尻を拭いニヤリと笑った。

「食べさせて」

碧人はそう言って、椅子ごと美月に身体を寄せた。

「え？」

聞き間違いだろうかと、美月は目を瞬かせた。

「ん？」

碧人は楽しげに笑い、美月に顔を近づける。本気でケーキを待っているようだ。

「えっと……じゃあ、ひと口だけ」

美月はイーグルやハートのイラストが崩れないよう気をつけながら、シフォンケーキにフォークを差し入れた。

そのまま慎重にケーキの欠片をすくい上げて、蓮人の口元に近づけた、その時。

「ままー、ぼくが食べるー」

蓮人の慌てた声が聞こえ、美月は動きを止めた。

「まま、ぼくにも」

美月の膝にしがみつき、蓮人はあーんと口を開く。

「なんだよ蓮人。食いしん坊だな」

碧人は気が抜けたように笑い、蓮人の頭をくしゃりとなでる。

その目が再び潤んでいるように見えるのは気のせいじゃない。

そして美月の目から今にも涙がこぼれ落ちそうなのも。

「じゃあ、ひと口目はれん君にあげる。あーん」

「あーん」

精一杯開いてもまだまだ小さな蓮人の口にケーキを運びながら、美月はこの幸せがいつまでも続きますようにと、心から願った。

その夜、一日はしゃいでいた蓮人はお風呂を済ませたあと早々に眠りについた。

今夜は美月の自宅に泊まる碧人と一緒にブルーインパルスの映像を観ると張り切っていたが、眠気には勝てなかったようだ。

初めての映画に興奮し、おじいちゃんおばあちゃんたちに存分に可愛がられて疲れ果てたに違いない。

ベッドの中でスヤスヤ寝息をたてる蓮人の頭を優しくなでながら、美月はそのかわいらしさに目尻を下げた。

「蓮人は碧人さんを取り合う最大のライバルだけど、やっぱりかわいい」

美月はベッドの脇に膝をつき、蓮人の寝顔を見つめた。

最近ますます碧人に似てきて、形のいい顎のラインまでそっくりだ。

「俺にとっても蓮人はライバルだな。美月にそんな優しい顔をさせる男は俺ひとりでいい」

冗談とは思えない碧人の強い言葉に、美月はふふっと笑う。

「蓮人、こんなこと言われてるよ。サックは本気みたい」

美月は小声でささやくと、蓮人の頬に優しくキスをした。

「なに？　俺を煽ってるのか？」

「煽ってるってなんの話……んっ」

いきなり押し倒されたかと思うと、碧人の顔があっという間に近づいてきて、気がつけばキスを交わしている。

「あ、碧人さ……」

とっさに顔を逸らそうとするも碧人の動きの方が早く、両手で顔を固定される。

「あっ……ふ、ん」

いつの間にか唇を割って口内に滑り込んできた碧人の舌が、我が物顔で動き始めた。

熱い塊が縦横無尽に動き、頭の中がかーっと熱くなっていく。

ただでさえ今日はふたりきりで雪の庭園を楽しみ、結婚のお祝いに涙を流している。

ほんの少しの幸せでも心も体も大きく反応して、また泣いてしまいそうだ。

「美月……」

すると碧人は強く押しつけるようにキスをして、美月の身体を抱きしめたままラグに身体を横たえた。

「ライバルには負けられないからな」

荒い呼吸の合間、碧人は美月の髪に顔を埋めささやいた。

美月が蓮人の頬にキスをしたのが悔しいらしい。

子ども相手に嫉妬しなくてもと思いつつ、自分も同じ気持ちだと思い出して小さく笑った。

この幸せがいつまでも続きますように。

今日心の中で何度も繰り返した言葉が今も繰り返される。

「どうした？」

肩を揺らした美月の顔を、碧人が覗き込む。

「碧人さん、私」

美月はまだ熱い碧人の身体にしがみつくと、つかの間思いを巡らせゆっくりと口を開いた。

この幸せがいつまでも続きますように。

その願いを叶えるためには、やっぱりこれが最適解だ。

「イギリス赴任のことなんですけど――」

エピローグ

六月に入り、美月が小松に来てから一年以上が過ぎた。

碧人と蓮人、親子三人での暮らしも順調だ。

「人事との面談の件で相談があるんですけど、少しいいですか？」

開店前の準備をひととおり終えて、美月はバックヤードでタブレットを眺めていた岡崎に声をかけた。

「いいよ」

岡崎に促されて、美月は岡崎の向かいに腰を下ろした。

「どうした？　面談って今週末だよな」

「そうです。実は来年以降もこのままこちらで働かせていただきたくて、人事にもそれを伝えるつもりでいます。イギリス赴任も辞退させていただきます」

打診された時にはほぼ心が決まっていた結論を、美月は迷いのない声で伝えた。

来週に迫った年に一度全社員に行われる人事部との面談でも、その気持ちをしっかり話すつもりでる。

「桜井さんがこっちの基地にいるからか？」

「違います。彼もいずれ別の基地に転属するので、それは関係ないんです。あ、でも、関係あるかも」

「ん？」

首をひねる岡崎に美月は言葉を続ける。

「私、学生時代からイギリスで働きたくてそれ以外なにも興味がなかったんです。でもカフェの仕事を知って、海外赴任よりも自分には合っているような気がしたんです。地元の方に必要とされるカフェづくりをまだまだ進めたくて、だからこのままここで働きたいんです」

赴任したばかりの頃は、居場所がなかった本社から離れただけで十分で、それ以上のことは望んでいなかった。

けれどここで仕事を覚えるうちにカフェの存在価値に気づき、地元の人に必要とされる場所に育てていきたいと思うようになるのに時間はかからなかった。

地元の人たちが気軽に交流出来る場所。子ども食堂を楽しみにしている子どもや保護者たちの心の拠り所。そして航空自衛隊ファンが年に何度か集まれる聖地のような場所。

そんな、誰かの生活にほんの少しでも潤いと彩りを提供できるカフェ。

それをこれから作り上げていきたい。

「私自身がこのカフェに助けられたようなものなので、これからもここで誰かのサポートができるように、力を尽くしたいというか。うまく言えないんですけど」

去年の十二月、ここで結婚のお祝いをしてもらった頃から考えてきたが、いざ気持ちを正確に伝えるとなると、難しい。

「うーん」

岡崎は腕を組み、困ったように眉を寄せる。

「桜井がそう思ってるのはなんとなく察していたんだ。だけど結論から言って、難しいな。たとえ来年延長できたとしても、いずれ出向が解かれて本社に戻ることになる」

「そうですよね。私もそのあたりは理解しています。だから別の方法でここに残れたらと思っていて」

「別の方法？」

「そうです。社員としてではなく、退職してアルバイトとしてここで働くのもアリですよね」

「アルバイト？」

岡崎は椅子の背から素早く身体を起こした。

「そうです。ただ、ここは管理栄養士を目指している学生さんに来てもらっているので、近隣のカフェに移ってもいいかなと」

調べてみると、藤崎商事は現在全国各地でカフェの出店を進めていて、ここから近い新店舗に移るのはそれほど難しい話ではなさそうなのだ。

人手不足でどこもアルバイトの確保は難しい。だとすれば、経験者の美月がバイトとして採用される可能性はかなり高い。

「ちょっと待て。退職云々は早まるな。辞めるのはいつでもできるし、カフェ事業に本格的に関わりたいなら俺も協力する。社員のまま近くの店舗に異動するのもいいし、新規オープンのタイミングで店長として赴任してもいいんじゃないか？」

「それは……そうかもしれませんが、やっぱり社員のままでは難しそうなんです」

美月の気持ちを汲んであらゆる可能性を提案してもらえたことは、もちろんありがたく岡崎の優しさには感謝ばかりだが、問題がひとつある。

「さっき夫のことは関係ないと言ったんですけど、やっぱり関係があるんです。この先夫が転属するのは確実なので、その時は私もついていくつもりです。それも一回限りじゃないので社員のままだと難しそうなんです。バイトとして仕事を続けて、彼が転属する時には私もカフェを移って働けたらと思ってます」

「あー。なるほど。それが現実的かな」

岡崎は苦笑しつつも納得する。

「だけどさっきも言ったけど退職ならいつでもできるから、とりあえず週末の面談は来年以降のここでの勤務を希望してみろ。認められる可能性もあるからな」

「わかりました。今日明日で退職するつもりはないので、チャレンジしてみます」

碧人の転属の時期次第だが、それにあわせて退職の時期を考えるつもりだ。

すると岡崎が「知ってるかもしれないが」と前置きし、言葉を続けた。

「配偶者の異動が理由で転居する場合、転居先の地域にある支店や事業部に異動希望を出せる。この制度を利用するのもアリだと思うから旦那と相談してみたらいい」

「そんな制度、あったんですか？」

それは今まで知らなかった。

「ああ。去年できた制度で、まだ周知されてないみたいだけどな」

それはまるで美月のために考えられたような制度だ。

その制度が利用できれば、碧人の転属先に同行しても、場所は変わるがカフェの仕事が続けられる。

「気になるなら面談の時に聞いてみたらどうだ？」

「そうします」

美月は膝の上に置いた手で小さくガッツポーズをつくった。

「美月は本当にそれでいいのか？」

碧人の重々しい声に、美月は何度目かの「いいんです」を口にした。

昨日、都内にある本社での人事部との面談を済ませて以来、美月は碧人から何度も面談の内容を確認されていた。

「まだ間に合うならイギリス赴任、受けてもいいんだぞ。蓮人なら俺の両親に来てもらうこともできるし、日葉里さんにも手を貸してもらうことになるが、なんとかする。だから今度こそ――」

「それはもういいんです。何度も言ってますけどイギリスに行きたかったのは今の仕事を知る前の話。今はカフェを盛り立てていくことが面白くて赴任は考えられません」

「だけど、せっかくのチャンスをまた俺のせいで」

「違います。碧人さんのせいじゃないですよ」

今回もまた碧人は自分のせいで美月が夢をあきらめたのかもしれないと、気にしている。

美月は碧人の目をまっすぐ見据え、ゆっくりと口を開いた。

「前にイギリス赴任を辞退したのは妊娠がきっかけだけど、決めたのは私自身です。会社から強制されたわけでもなかったし」

「だとしても、初めての出産を海外でひとりって、無茶だろ。あきらめるしかなかったはずだ」

「それも私の選択です。もちろん碧人さんのせいなんて全然思ってません」

美月は食い下がる碧人に首を横に振り、ひと息つく。

「あの時の選択に後悔はないし、今回も本当に赴任したかったら借りられる手はすべて借りて、なんとしてでも行きます。なんなら英語に触れるいい機会だから、蓮人を連れて行ってもいいし」

「は？」

碧人は目を見開いた。

「蓮人を……ま、まあ、悪くない話だけど、賛成はできない。いや、寂しいからってわけじゃないぞ、ただ、美月が大変だと思って――」

「わかってます。本気で赴任しようと思ったら色々と方法があると言いたいだけで、例えばの話です」

　慌てる碧人に、美月は落ち着いた声で答えた。

「碧人さんが私の希望を優先してくれるのはありがたいんですけど、赴任するつもりはなくて。今はイギリスに行くよりもカフェの仕事を続けたいんです」

　その気持ちにわずかな迷いも嘘もない。

　面談では席に着いた早々イギリス赴任の話を切り出された。

　岡崎から事前に聞いていた通りイギリス支店の業務拡大を理由に人員を相当数増やすらしく、美月以外にも数人の赴任がすでに決まっているそうだ。

　美月の能力を評価してということで請われたが、その場で辞退した。

　前回赴任を辞退し迷惑をかけたことを考えれば受けるべきかも知れないが、どうしてもできなかった。

　カフェというよりもカフェという器を通じてたくさんの人を笑顔にできる空間と時間を提供する。今はそれが楽しくて仕方がないのだ。

　その楽しみを知った今はもう、赴任は考えられない。

「だけど俺や蓮人を気にしてあきらめるようなことは、してほしくない」

　碧人は念押しするように、言葉を重ねる。

「あきらめたわけじゃないし、無理もしてません。やりたいことが変わっただけです」

美月は碧人の中に残る罪悪感を払拭したくて、前のめりに答えた。

碧人は今も美月の夢を自分が壊したと責任を感じていて、今回こそは美月の邪魔はしないと決意している。

これが最後のチャンスかも知れないと自分のことのように必死で、何度も美月の本音を聞き出そうと一生懸命だ。

最近、碧人自身がアグレッサー部隊に配属されたことも、影響しているはずだ。

航空自衛隊最強のパイロット集団と呼ばれる精鋭部隊に選抜されたのだ、喜びも大きいに違いない。

そんな中美月にもイギリス赴任の打診があり、自分ひとりが夢を追いかけるのは申し訳ないと考えているのかもしれないが、それは気の回しすぎだ。

美月の幸せを考えてくれる碧人の優しさには感謝しかないが、今回ばかりは的が外れている。

「私、イギリス赴任よりもカフェ事業を盛り立てたいし、カフェ事業よりも碧人さんとれん君の方が大切なんですよ。結局、私はふたりと一緒にいられたらそれでいいんです。だからこれ以上心配しなくても大丈夫です」

「それは俺もそうだが、本当にいいん——」

「いいんです」

碧人の言葉を遮り美月はきっぱり答えた。

「〝毎日笑って楽しく生きてくれればいい〟」

「あ……」

それは金沢で碧人が美月にくれたお年玉だ。なにかあるたび思い出しては碧人を感じ、自分で自分を後押ししている。

「私、毎日笑って楽しく生きてます。だから赴任の話はこれでおしまいです。あ、その代わり、来年からも当面今の仕事を続けられそうです」

「本当か？　よかったな」

ようやく碧人の顔に笑顔が戻り、美月はホッとする。

「話してみるものですよね。カフェの出店を急ぎすぎて人員の確保が追いつかないらしくて。赴任する意志がないならカフェ事業に専念すればいいって言ってもらえました。碧人さんもしばらく小松基地にいられそうだし、ここで親子三人で暮らせますね」

それがなによりうれしい。

面談へのストレスから解放された安堵感に、美月はホッと息をつく。

会社員である以上、最終的には会社の意向に沿わなければならない。打診の辞退も今回は認められないかもしれないと覚悟していたのだ。

退職覚悟で面談に臨んだが、美月にとってベストな結果となった。

バレエと前回のイギリス赴任。どちらも美月が全力で向き合い叶えたかった夢。

けれど結局その夢はどちらも叶わなかった。

それが今回はカフェの仕事を続けたいという希望が通り、理想とするカフェづくりに向けて一歩を踏み出せた。

今までの苦しみや涙がすべて報われて、この先もがんばれそうな気がしている。

「あ、着付けが終わったみたいですよ。れんくーん」

「ままー。さっくー」

袴姿に着替えた蓮人が、堂々とした足取りでやって来る。

毎月一日に家族写真を撮り続けて半年。いい機会なのでプロに撮ってもらうことにした。

ここは子どもの写真を専門に扱う全国展開している専門スタジオで、碧人の希望で蓮人に袴を着せて写真を撮ることにしたのだ。

親子写真の撮影もＯＫと聞いて、三人での記念写真をこれから撮ってもらう予定だ。

「では、お母様は椅子に腰をおろしていただいて、その横にれん君、お父様は後ろにお願いします」

カメラマンのテキパキとした指示に従って、カメラの前に並ぶ。

今日のために新調した淡いピンクのワンピースは、碧人と蓮人が選んでくれたお気に入り。

「まま、かわいい」

照れくさそうにささやく蓮人は碧人譲りの整った顔だちで王子様系に進化中。保育園のアイドルだ。

相変わらずブルーインパルスと乗り物に夢中だが、そこに最近バレエが加わった。

美月がバレエの発表会で踊っている子どもの頃の写真をたまたま見て、興味を持ったのだ。

週に一度、金沢にあるバレエ教室に通い始めたが、親の欲目だとしても筋がいい。

手足が長いところもバレエ向きで、これからの成長が、楽しみだ。

「蓮人に先に言われたのが悔しいが、そのワンピース、よく似合ってる」

碧人も相変わらずで、一方的に蓮人をライバル視しては悔しそうな顔を見せている。

「碧人さんも、よく似合ってますよ。ね、れん君」

「うん。大丈夫。パパ、カッコいい。でも僕の方がカッコいい」

へへんと胸を張る蓮人に、碧人は蕩けるような笑みを向ける。

口では悔しいと言いつつも、結局蓮人にメロメロ。

とことん親バカの甘いパパだ。

そう、蓮人にとってはたったひとりのパパ……。

「は……？　パパ？」

「今、れん君、なんて言ったの？　パパって言った？」

美月と碧人は顔を見合わせた。

たしかに今、蓮人は碧人のことを〝サック〟ではなく〝パパ〟と呼んでいた。

「それでは撮りますので視線をこちらにお願いします。れん君もこっち見てね」

「はーい」

元気な蓮人の声がスタジオに響く中、美月は当然のように心の中で繰り返す。

この幸せがいつまでも続きますように。

END

あとがき

こんにちは。惣領莉沙です。

『無口な自衛官パイロットは再会ママとベビーに溺愛急加速中！』をお手に取っていただきありがとうございます。

今回はひとつ夢に近づくたびに不可抗力で何度もその夢をあきらめなければならなかったヒロインと、ヒロインの夢を壊した罪悪感を抱え続けるヒーローのお話です。

お互いを想いながらも別れを選ぶしかなかった高校時代から十年以上が経ち、それぞれが年を重ねて得た、ふたりで生きていくための力。

夢をあきらめてもそこで人生が終わるわけじゃなく、状況の変化や新たに生まれた夢。それが幸せな未来を手に入れるきっかけになるかもしれない。

そのことに気づけた人の強さは本物で、人生を楽しめる余裕もある。

たとえ夢が叶わなくても、別の夢を見つければいい。人生って悪いものじゃない。

そんな思いを軸にヒーローとの愛情溢れる日々を手に入れるまでのヒロインのがんばりを、お楽しみください。

とはいえ現在夢を叶えようと奮闘している娘には、夢が叶わなくても人生が終わるわけじゃないとは絶対に言えませんね。オカンはただ見守るだけです。

さて、前回のあとがきでチョコレートの価格高騰をチラリと記しました。現在これを書いているのは、バレンタインを控えた一年で一番ワクワクする時期。カカオショックに負けず、今年も甘く華やかな特設売り場を歩き回って、色々と楽しみたいと思っています。

今作にからめて、シフォンケーキにもアンテナを張りながら。

この作品が忙しい毎日の気分転換のお役に立てれば幸いです。

最後になりますが、携わって下さった皆様、そしてなにより読者様。

これからも、よろしくお願いいたします。

このご縁が末永く続きますよう、いっそう精進いたします。

惣領《そうりょう》莉沙《りさ》

惣領莉沙先生への
ファンレターのあて先

〒104-0031
東京都中央区京橋1-3-1
八重洲口大栄ビル7F
スターツ出版株式会社　書籍編集部　気付

惣領莉沙先生

本書へのご意見をお聞かせください

お買い上げいただき、ありがとうございます。
今後の編集の参考にさせていただきますので、
アンケートにお答えいただければ幸いです。

下記URLまたは二次元コードから
アンケートページへお入りください。
https://www.ozmall.co.jp/enquete/IndexTalkappi.aspx?id=2301

ベリーズ文庫 2025年3月発売

『目を覚ますと初めましての御曹司と婚約してました～君が記憶を失くしても、この愛だけは忘れさせない～』 滝井《たきい》みらん・著

令嬢である葵は同窓会で4年ぶりに大企業の御曹司・京介と再会。ライバルのような関係で素直になれずにいたけれど、実は長年片思いしていた。やはり自分ではダメだと諦め、葵は家業のため見合いに臨む。すると、「彼女は俺のだ」と京介が現れ!? 強引にニセの婚約者にさせられると、溺愛の日々が始まり!?

ISBN 978-4-8137-1711-9／定価836円（本体760円＋税10%）

『無口な自衛官パイロットは再会ママとベビーに溺愛急加速中！【自衛官シリーズ】』 惣 領莉沙《そうりょうりさ》・著

美月はある日、学生時代の元カレで航空自衛官の碧人と再会し一夜を共にする。その後美月は海外で働く予定が、直前で彼との子の妊娠が発覚！ 彼に迷惑をかけまいと地方でひとり産み育てていた。しかし、美月の職場に碧人が訪れ、息子の存在まで知られてしまう。碧人は溺愛でふたりを包み込んでいき…！

ISBN978-4-8137-1712-6／定価825円（本体750円＋税10%）

『「完全なる失恋だ」と思っている夫婦ですが、実は相思相愛です！～無愛想な脳外科医はお人好し新妻を放っておけない～』 高田《たかだ》ちさき・著

お人好しなカフェ店員の美与は、旅先で敏腕脳外科医・築に出会う。無愛想だけど頼りになる彼に惹かれていたが、ある日愛なき契約結婚を打診され…。失恋はショックだけどそばにいられるなら──と妻になった美与。片想いの新婚生活が始まるはずが、実は築は求婚した時から滾る溺愛を内に秘めていて…!?

ISBN 978-4-8137-1713-3／定価825円（本体750円＋税10%）

『いきなり三つ子パパになったのに、エリート外交官は溺愛も抜かりない！』 吉澤紗矢《よしざわさや》・著

花屋店員だった麻衣子。ある日、友人の集まりで外交官・裕斗と出会う。大人な彼と甘く熱い交際に発展。幸せ絶頂にいたが、ある政治家とのトラブルに巻き込まれ、やむなく裕斗の前から去ることに…。数年後、三つ子を育てていたら裕斗の姿が！ 「必ず取り戻すと決めていた」一途な情熱愛に捕まって…！

ISBN 978-4-8137-1714-0／定価836円（本体760円＋税10%）

『生涯、愛さないことを誓います。～溺愛禁止の契約婚のはずが、女嫌い御曹司が甘く迫ってきます～』 美甘《みあま》うさぎ・著

父の借金返済のため1日中働き詰めな美鈴。ある日、取り立て屋に絡まれたところを助けてくれたのは峯島財閥の御曹司・斗真だった。美鈴の事情を知った彼は突然、借金の肩代わりと引き換えに"3つの条件アリ"な結婚を提案してきて!? ただの契約関係のはずが、斗真の視線は次第に甘い熱を帯びていき…！

ISBN 978-4-8137-1715-7／定価836円（本体760円＋税10%）

無口な自衛官パイロットは再会ママとベビーに溺愛急加速中！【自衛官シリーズ】

2025年3月10日　初版第1刷発行

著　者　惣領莉沙
©Risa Soryo 2025

発行人　菊地修一

デザイン　カバー　アフターグロウ
フォーマット　hive & co.,ltd.

校　正　株式会社文字工房燦光

発行所　スターツ出版株式会社
〒104-0031
東京都中央区京橋1-3-1　八重洲口大栄ビル7F
TEL　03-6202-0386（出版マーケティンググループ）
TEL　050-5538-5679（書店様向けご注文専用ダイヤル）
URL　https://starts-pub.jp/

印刷所　大日本印刷株式会社

Printed in Japan

乱丁・落丁などの不良品はお取替えいたします。
上記出版マーケティンググループまでお問い合わせください。
定価はカバーに記載されています。

ISBN 978-4-8137-1712-6　C0193

目次

無口な自衛官パイロットは再会ママとベビーに溺愛急加速中！【自衛官シリーズ】